ÇA PEUT
PAS
FAIRE
DE MAL

Cet ouvrage a été conçu à partir de l'émission de radio de France Inter « Ça peut pas faire de mal », dans laquelle Guillaume Gallienne propose aux auditeurs d'écouter des extraits d'œuvres classiques.
L'ambition de ce livre ? Ajouter à l'acte de lire le plaisir d'entendre interpréter le texte dans le même temps par un remarquable comédien.
Aussi avons-nous composé cet ouvrage à partir des éditions de référence et fait le choix de publier l'intégralité des extraits. Les passages lus sont aisément repérables car composés dans une typographie différente.

À Philippe Val qui m'a donné la possibilité de vivre cette aventure radiophonique.
Guillaume Gallienne

www.gallimard.fr www.editions.radiofrance.fr

ÇA PEUT PAS FAIRE DE MAL

PROUST
HUGO
ET MADAME DE LAFAYETTE
LUS
ET COMMENTÉS PAR

GUILLAUME GALLIENNE
SOCIÉTAIRE DE LA COMÉDIE-FRANÇAISE

PRÉFACE DE
JEAN-YVES TADIÉ

Gallimard | France Inter

Lecture à haute voix

À l'école primaire, il n'y avait pas d'exercice plus artificiel que la lecture à haute voix : à quoi servirait-elle jamais, sauf à l'enseigner elle-même ? Si bien que plus tard on l'abandonnait. La vraie lecture était silencieuse, il ne fallait surtout pas prononcer les syllabes que nous déchiffrions. C'était compter sans la radio. Le théâtre n'est pas une lecture à haute voix. La radio, lorsqu'elle présente des textes littéraires, s'affiche au contraire comme telle. D'où vient que nous y écoutions des pages que nous pourrions aussi bien lire silencieusement ? Le texte mort reprend vie, la page oubliée ressuscite, la phrase impassible se charge d'émotion. Il y a quelque chose d'irremplaçable dans la voix humaine, la vraie, c'est-à-dire la fausse, celle de l'acteur. Dans ma jeunesse, je croyais que pour séduire une jeune fille il fallait lui lire les plus beaux des poèmes, les plus belles pages des romans. D'autres trouvaient des méthodes plus expéditives.

Le grand acteur est celui qui peut nous faire pleurer avec l'indicateur des chemins de fer et nous faire rire avec le Code civil, qui peut ralentir ou précipiter les sens et les sons, qui nous fait comprendre que le texte que nous croyions vivant demandait, parce qu'il n'était qu'une partition musicale, à être joué, à être interprété comme toute musique.

Les possibilités deviennent alors infinies. Il y a un demi-siècle, c'étaient les lectures à une voix du club d'essai de la radio. À la basse monocorde de Jean Vilar lisant tout *Antigone* – et on avait l'impression d'entendre parler Sophocle lui-même – succédait l'ahurissante polyphonie de Robert Hirsch qui prenait une voix chaque fois différente pour chacun des héros de Labiche ou de Feydeau et la retrouvait là où il l'avait laissée. Guillaume Gallienne m'apparaît comme son seul véritable successeur. Mais il n'y a pas que le théâtre, dont la lecture n'étonne pas. La poésie, le roman, les souvenirs acquièrent, lus à haute voix, ce qui leur manquait : notre émotion à nous auditeurs.

Lus ? C'est plutôt « joués », qu'il faudrait dire. La voix de Guillaume Gallienne n'est pas, ce qui serait déjà très bien, celle d'un lecteur cultivé, d'un grand lecteur, ou même de l'écrivain qu'il est aussi. C'est celle d'un acteur, qui joue, et de textes qui n'ont pas été écrits pour la scène il fait du théâtre, avec une voix cependant très en dedans, très peu ostentatoire, méditative au contraire. Proust redevient grâce à lui l'auteur comique qu'il n'aurait jamais dû cesser d'être, et dont Jean Cocteau a si bien décrit la voix et la main, se barbouillant le visage de son rire.

La matinée chez Mme de Villeparisis apparaît comme une grande scène de comédie où, comme chez Molière, dans *Le Misanthrope* par exemple, chacun des personnages vient faire son numéro. Que de lecteurs ainsi gagnés à Proust grâce à lui qui ne soupçonnaient pas, tant tout le monde est sérieux ou tragique dans ce pays, en l'auteur de *Du Côté de chez Swann* un rival de Labiche. Mais il n'y a pas que le rire : par la voix, toutes les émotions se réveillent. Quelle joie pour l'acteur de penser qu'avec ses derniers mots cessent de couler les dernières larmes.

Jean-Yves Tadié

SOMMAIRE

Extraits des œuvres lues

Marcel Proust, *À la recherche du temps perdu* 13

Victor Hugo, *Les Misérables* 105

Madame de Lafayette, *La Princesse de Clèves* 173

Annexes

Guillaume Gallienne, sociétaire de la Comédie-Française 217

Ça peut pas faire de mal 219

L'incontournable et essentielle bibliographie 221

Ce que contiennent les disques audio 223

MARCEL PROUST

À LA RECHERCHE DU TEMPS PERDU (EXTRAITS)

MARCEL PROUST

Commencer le premier livre d'une somme littéraire par « Longtemps, je me suis couché de bonne heure » semble une gageure tant on converse et controverse encore sur l'un des plus célèbres incipit de la littérature française. Dante séduit autrement avec le premier vers de *La Divine Comédie* : « Arrivé au milieu du chemin de la vie, je me retrouvai dans une forêt obscure. » L'un comme l'autre deviennent toutefois nos guides. Nous voilà pris par la main : l'histoire que l'on nous raconte permet de se souvenir de toute une époque. Ainsi, dans son immense récit placé sous le signe d'un amour maternel indéfectible, Proust se fait le mémorialiste d'une société mondaine désœuvrée. C'est au « milieu du chemin de la vie », à la trentaine passée, vers 1907, qu'il se lance dans la rédaction d'*À la recherche du temps perdu*. L'homme, d'une santé délicate, est perçu par beaucoup comme un mondain ; son savoir est brillant, sa plume jugée insuffisante. D'abord refusée pour son premier volume, l'œuvre impose d'elle-même sa patience : c'est une demeure, vaste, riche de décorations et d'œuvres d'art, dans laquelle on médite, on espère, on spécule – on vit et on aime avant tout. Sur cette première phrase d'un enfant couché tôt s'est levé un monde. Jamais plus les mots de *mémoire*, de *temps*, d'*amour*, de *jalousie*, la vision d'une œuvre ou la rencontre d'un artiste ne pourront se faire entendre, au sein de la littérature (ou ailleurs) sans le grand livre de Proust, le déploiement fascinant de ses phrases, la description d'un monde promis à la disparition. Ce chemin, dans la vaste forêt des sentiments et des lieux, aura dévoilé ces « jours » de femmes et d'hommes si différents les uns des autres. Ces jours « sont venus se placer – dans le Temps », écrira Proust, épuisé, en 1922, sept livres plus tard.

Proust écrivait dans son lit, ganté, sa barbe et sa frange de mèches noires le faisaient ressembler au Carnot mort du musée Grévin, à quelque capitaine Nemo de Jules Verne. Il y déchiffrait si mal lui-même sa propre écriture que, quand il lisait, cela le jetait dans des fous rires, il se tordait de rire. Je n'oublierai jamais ces lectures la nuit, coupées, hachées par ce rire, ce rire dont il se barbouillait la figure avec sa main.

Jean Cocteau

MARCEL PROUST

À la recherche du temps perdu

I

CD 1 PLAGE 1

En revanche, il y avait un terrain sur lequel ce que disait M. de Charlus était aveuglément cru et exécuté par Morel. Aveuglément et follement, car non seulement les enseignements de M. de Charlus étaient faux, mais encore, eussent-ils été valables pour un grand seigneur, appliqués à la lettre par Morel ils devenaient burlesques. Le terrain où Morel devenait si crédule et était si docile à son maître, c'était le terrain mondain. Le violoniste qui avant de connaître M. de Charlus, n'avait aucune notion du monde, avait pris à la lettre l'esquisse hautaine et sommaire que lui en avait tracée le baron : « Il y a un certain nombre de familles prépondérantes, lui avait dit M. de Charlus, avant tout les Guermantes, qui comptent quatorze alliances avec la Maison de France, ce qui est d'ailleurs surtout flatteur pour la Maison de France, car c'était à Aldonce de Guermantes et non à Louis le Gros, son frère consanguin mais puîné, qu'aurait dû revenir le trône de France. Sous Louis XIV, nous drapâmes à la mort de Monsieur, comme ayant la même grand-mère que le roi. Fort au-dessous des Guermantes, on peut cependant citer les La Trémoïlle, descendants des rois de Naples et des comtes de Poitiers ; les d'Uzès, peu anciens comme famille mais qui sont les plus anciens pairs ; les Luynes, tout à fait récents, mais avec l'éclat de grandes alliances ; les Choiseul, les Harcourt, les La Rochefoucauld. Ajoutez encore les Noailles, malgré le comte de Toulouse, les Montesquiou, les Castellane, et sauf oubli, c'est tout. Quant à tous les petits messieurs qui s'appellent marquis de Cambremerde ou de Fatefairefiche, il n'y a aucune différence entre eux et le dernier pioupiou de votre régiment. Que vous alliez faire pipi chez la comtesse Caca, ou caca chez la baronne Pipi, c'est la même chose, vous aurez compromis votre réputation et pris un torchon breneux comme papier hygiénique. Ce qui est malpropre. » Morel avait recueilli pieusement cette leçon d'histoire, peut-être un peu sommaire ; il jugeait les choses comme s'il était lui-même un Guermantes et souhaitait une occasion de se trouver avec les faux La Tour d'Auvergne pour leur faire sentir par une poignée de main dédaigneuse, qu'il ne les prenait guère au sérieux. Quant aux Cambremer, justement voici qu'il pouvait leur témoigner qu'ils n'étaient pas « plus que le dernier pioupiou de son régiment ». Il ne répondit pas à leur invitation, et le soir du dîner s'excusa à la dernière heure par un télégramme, ravi comme s'il venait d'agir en prince du sang.

Marcel Proust, moi, je l'ai découvert grâce à ma grand-mère. Elle me dit : « Proust, c'est une des choses les plus irrésistibles qui soient. » Je dis : « Ah bon ? » Elle me dit : « Proust, c'est désopilant. » Ah ! je m'attendais à tout sauf à cette définition-là, et bien, plus tard, Jean-Yves Tadié, le biographe de Proust, me dit : « Oh ! découvrir Proust grâce à sa grand-mère, c'est déjà très bien parti. » Alors voilà, rions avec Marcel ! Guillaume Gallienne

CD 1 PLAGE 2

2

Pour faire partie du « petit noyau », du « petit groupe », du « petit clan » des Verdurin, une condition était suffisante mais elle était nécessaire : il fallait adhérer tacitement à un Credo dont un des articles était que le jeune pianiste, protégé par Mme Verdurin cette année-là et dont elle disait : « Ça ne devrait pas être permis de savoir jouer Wagner comme ça ! », « enfonçait » à la fois Planté et Rubinstein et que le docteur Cottard avait plus de diagnostic que Potain. Toute « nouvelle recrue » à qui les Verdurin ne pouvaient pas persuader que les soirées des gens qui n'allaient pas chez eux étaient ennuyeuses comme la pluie, se voyait immédiatement exclue. Les femmes étant à cet égard plus rebelles que les hommes à déposer toute curiosité mondaine et l'envie de se renseigner par soi-même sur l'agrément des autres salons, et les Verdurin sentant d'autre part que cet esprit d'examen et ce démon de frivolité pouvait par contagion devenir fatal à l'orthodoxie de la petite église, ils avaient été amenés à rejeter successivement tous les « fidèles » du sexe féminin.

En dehors de la jeune femme du docteur, ils étaient réduits presque uniquement cette année-là (bien que Mme Verdurin fût elle-même vertueuse et d'une respectable famille bourgeoise excessivement riche et entièrement obscure avec laquelle elle avait peu à peu cessé volontairement toute relation) à une personne presque du demi-monde, Mme de Crécy, que Mme Verdurin appelait par son petit nom, Odette, et déclarait être « un amour » et à la tante du pianiste, laquelle devait avoir tiré le cordon ; personnes ignorantes du monde et à la naïveté de qui il avait été si facile de faire accroire que la princesse de Sagan et la duchesse de Guermantes étaient obligées de payer des malheureux pour avoir du monde à leurs dîners, que si on leur avait offert de les faire inviter chez ces deux grandes dames, l'ancienne concierge et la cocotte eussent dédaigneusement refusé.

Les Verdurin n'invitaient pas à dîner : on avait chez eux « son couvert mis ». Pour la soirée, il n'y avait pas de programme. Le jeune pianiste jouait, mais seulement si « ça lui chantait », car on ne forçait personne et comme disait M. Verdurin : « Tout pour les amis, vivent les camarades ! » Si le pianiste voulait jouer la chevauchée de *La Walkyrie* ou le prélude de *Tristan*, Mme Verdurin protestait, non que cette musique lui déplût, mais au contraire parce qu'elle lui causait trop d'impression. « Alors vous tenez à ce que j'aie ma migraine ? Vous savez bien que c'est la même chose chaque fois qu'il joue ça. Je sais ce qui m'attend ! Demain quand je voudrai me lever, bonsoir, plus personne ! » S'il ne jouait pas, on causait, et l'un des amis, le plus souvent leur peintre favori d'alors, « lâchait », comme disait M. Verdurin, « une grosse faribole qui faisait s'esclaffer tout le monde », Mme Verdurin surtout, à qui – tant elle avait l'habitude de prendre au propre les expressions figurées des émotions qu'elle éprouvait – le docteur Cottard (un jeune débutant à cette époque) dut un jour remettre sa mâchoire qu'elle avait décrochée pour avoir trop ri.

[...]

Mme Verdurin était assise sur un haut siège suédois en sapin ciré, qu'un violoniste de ce pays lui avait donné et qu'elle conservait, quoiqu'il rappelât la forme d'un escabeau et jurât avec les beaux meubles anciens qu'elle avait, mais elle tenait à garder en évidence les cadeaux que les fidèles avaient l'habitude de lui faire de temps en temps, afin que les donateurs eussent le plaisir de les reconnaître quand ils venaient. Aussi tâchait-elle de persuader qu'on s'en tînt aux fleurs et aux bonbons, qui du moins se détruisent ; mais elle n'y réussissait pas et c'était chez elle une collection de chauffe-pieds, de coussins, de pendules, de paravents, de baromètres, de potiches, dans une accumulation de redites et un disparate d'étrennes.

De ce poste élevé elle participait avec entrain à la conversation des fidèles et s'égayait de leurs « fumisteries », mais depuis l'accident qui était arrivé à sa mâchoire, elle avait renoncé à prendre la peine de pouffer effectivement et se livrait à la place à une mimique conventionnelle qui signifiait, sans fatigue ni risques pour elle, qu'elle riait aux larmes. Au moindre mot que lâchait un habitué contre un ennuyeux ou contre un ancien habitué rejeté au camp des ennuyeux – et pour le plus grand désespoir de M. Verdurin qui avait eu longtemps la prétention d'être aussi aimable que sa femme, mais qui riant pour de bon s'essoufflait vite et avait été distancé et vaincu par cette ruse d'une incessante et fictive hilarité – elle poussait un petit cri, fermait entièrement ses yeux d'oiseau qu'une taie commençait à voiler, et brusquement, comme si elle n'eût eu que le temps de cacher un spectacle indécent ou de parer à un accès mortel, plongeant sa figure dans ses mains qui la recouvraient et n'en laissaient plus rien voir, elle avait l'air de s'efforcer de réprimer, d'anéantir un rire qui, si elle s'y fût abandonnée, l'eût conduite à l'évanouissement. Telle, étourdie par la gaieté des fidèles, ivre de camaraderie, de médisance et d'assentiment, Mme Verdurin, juchée sur son perchoir, pareille à un oiseau dont on eût trempé le colifichet dans du vin chaud, sanglotait d'amabilité.

Cependant M. Verdurin, après avoir demandé à Swann la permission d'allumer sa pipe (« ici on ne se gêne pas, on est entre camarades »), priait le jeune artiste de se mettre au piano.

« Allons, voyons, ne l'ennuie pas, il n'est pas ici pour être tourmenté, s'écria Mme Verdurin, je ne veux pas qu'on le tourmente, moi !

— Mais pourquoi veux-tu que ça l'ennuie ? dit M. Verdurin, M. Swann ne connaît peut-être pas la sonate en *fa* dièse que nous avons découverte, il va nous jouer l'arrangement pour piano.

— Ah ! non, non, pas ma sonate ! cria Mme Verdurin, je n'ai pas envie à force de pleurer de me fiche un rhume de cerveau avec névralgies faciales, comme la dernière fois ; merci du cadeau, je ne tiens pas à recommencer ; vous êtes bons vous autres, on voit bien que ce n'est pas vous qui garderez le lit huit jours ! »

Cette petite scène qui se renouvelait chaque fois que le pianiste allait jouer enchantait les amis aussi bien que si elle avait été nouvelle, comme une preuve de la séduisante originalité de la « Patronne » et de sa sensibilité musicale. Ceux qui étaient près d'elle faisaient signe à ceux qui plus loin fumaient ou jouaient aux cartes, de se rapprocher, qu'il se passait quelque chose, leur disant comme on fait au Reichstag dans les moments intéressants : « Écoutez, écoutez. » Et le lendemain on donnait des regrets à ceux qui n'avaient pas pu venir en leur disant que la scène avait été encore plus amusante que d'habitude.

« Eh bien ! voyons, c'est entendu, dit M. Verdurin, il ne jouera que l'andante.

— Que l'andante, comme tu y vas ! s'écria Mme Verdurin. C'est justement l'andante qui me casse bras et jambes. Il est vraiment superbe, le Patron ! C'est comme si dans la *Neuvième* il disait : nous n'entendrons que le finale, ou dans *Les Maîtres* que l'ouverture. »

Le docteur cependant poussait Mme Verdurin à laisser jouer le pianiste, non pas qu'il crût feints les troubles que la musique lui donnait – il y reconnaissait certains états neurasthéniques – mais par cette habitude qu'ont beaucoup de médecins de faire fléchir immédiatement la sévérité de leurs prescriptions dès qu'est en jeu, chose qui leur semble beaucoup plus importante, quelque réunion mondaine dont ils font partie et dont la personne à qui ils conseillent d'oublier pour une fois sa dyspepsie ou sa grippe, est un des facteurs essentiels.

« Vous ne serez pas malade cette fois-ci, vous verrez, lui dit-il en cherchant à la suggestionner du regard. Et si vous êtes malade nous vous soignerons.

— Bien vrai ? » répondit Mme Verdurin, comme si devant l'espérance d'une telle faveur il n'y avait plus qu'à capituler.

— Les transpositions des personnages de Proust qui deviennent de plus en plus transparentes ne vous gênent pas?

— Oh ! j'en ai beaucoup connu ! J'habitais 10, rue d'Anjou, au cinquième ; au rez-de-chaussée habitait la comtesse de Chevigné, son modèle pour la duchesse de Guermantes. Elle refusait de lire Proust. Elle me disait avec sa grosse voix enrouée : « Marcel m'embête ! Il arrive n'importe quand la nuit, comme l'accoucheur. » Marcel me suppliait d'aller lui lire ses chapitres de force. Elle se bouchait les oreilles (sic). J'en étais arrivé à écrire à Proust : « Pourquoi, mon cher Marcel, voulez-vous qu'un bel insecte lise les œuvres de Fabre ? »

Entretien avec Jean Cocteau

CD 1 PLAGE 3

3

Or, la princesse des Laumes, qu'on ne se serait pas attendu à voir chez Mme de Saint-Euverte, venait précisément d'arriver. Pour montrer qu'elle ne cherchait pas à faire sentir dans un salon, où elle ne venait que par condescendance, la supériorité de son rang, elle était entrée en effaçant les épaules là même où il n'y avait aucune foule à fendre et personne à laisser passer, restant exprès dans le fond, de l'air d'y être à sa place, comme un roi qui fait la queue à la porte d'un théâtre tant que les autorités n'ont pas été prévenues qu'il est là ; et, bornant simplement son regard – pour ne pas avoir l'air de signaler sa présence et de réclamer des égards – à la considération d'un dessin du tapis ou de sa propre jupe, elle se tenait debout à l'endroit qui lui avait paru le plus modeste (et d'où elle savait bien qu'une exclamation ravie de Mme de Saint-Euverte allait la tirer dès que celle-ci l'aurait aperçue), à côté de Mme de Cambremer qui lui était inconnue. Elle observait la mimique de sa voisine mélomane, mais ne l'imitait pas. Ce n'est pas que, pour une fois qu'elle venait passer cinq minutes chez Mme de Saint-Euverte, la princesse des Laumes n'eût souhaité, pour que la politesse qu'elle lui faisait comptât double, se montrer le plus aimable possible. Mais par nature, elle avait horreur de ce qu'elle appelait « les exagérations » et tenait à montrer qu'elle « n'avait pas à » se livrer à des manifestations qui n'allaient pas avec le « genre » de la coterie où elle vivait, mais qui pourtant d'autre part ne laissaient pas de l'impressionner, à la faveur de cet esprit d'imitation voisin de la timidité que développe chez les gens les plus sûrs d'eux-mêmes l'ambiance d'un milieu nouveau, fût-il inférieur. Elle commençait à se demander si cette gesticulation n'était pas rendue nécessaire par le morceau qu'on jouait et qui ne rentrait peut-être pas dans le cadre de la musique qu'elle avait entendue jusqu'à ce jour, si s'abstenir n'était pas faire preuve d'incompréhension à l'égard de l'œuvre et d'inconvenance vis-à-vis de la maîtresse de la maison : de sorte que pour exprimer par une « cote mal taillée » ses sentiments contradictoires, tantôt elle se contentait de remonter la bride de ses épaulettes ou d'assurer dans ses cheveux blonds les petites boules de corail ou d'émail rose, givrées de diamant, qui lui faisaient une coiffure simple et charmante, en examinant avec une froide curiosité sa fougueuse voisine, tantôt de son éventail elle battait pendant un instant la mesure, mais, pour ne pas abdiquer son indépendance, à contretemps. Le pianiste ayant terminé le morceau de Liszt et ayant commencé un prélude de Chopin,

Mme de Cambremer lança à Mme de Franquetot un sourire attendri de satisfaction compétente et d'allusion au passé. Elle avait appris dans sa jeunesse à caresser les phrases, au long col sinueux et démesuré, de Chopin, si libres, si flexibles, si tactiles, qui commencent par chercher et essayer leur place en dehors et bien loin de la direction de leur départ, bien loin du point où on avait pu espérer qu'atteindrait leur attouchement, et qui ne se jouent dans cet écart de fantaisie que pour revenir plus délibérément – d'un retour plus prémédité, avec plus de précision, comme sur un cristal qui résonnerait jusqu'à faire crier – vous frapper au cœur.

Vivant dans une famille provinciale qui avait peu de relations, n'allant guère au bal, elle s'était grisée dans la solitude de son manoir, à ralentir, à précipiter la danse de tous ces couples imaginaires, à les égrener comme des fleurs, à quitter un moment le bal pour entendre le vent souffler dans les sapins, au bord du lac, et à y voir tout d'un coup s'avancer, plus différent de tout ce qu'on a jamais rêvé que ne sont les amants de la terre, un mince jeune homme à la voix un peu chantante, étrangère et fausse, en gants blancs. Mais aujourd'hui la beauté démodée de cette musique semblait défraîchie. Privée depuis quelques années de l'estime des connaisseurs, elle avait perdu son honneur et son charme, et ceux mêmes dont le goût est mauvais n'y trouvaient plus qu'un plaisir inavoué et médiocre. Mme de Cambremer jeta un regard furtif derrière elle. Elle savait que sa jeune bru (pleine de respect pour sa nouvelle famille, sauf en ce qui touchait les choses de l'esprit sur lesquelles, sachant jusqu'à l'harmonie et jusqu'au grec, elle avait des lumières spéciales) méprisait Chopin et souffrait quand elle en entendait jouer. Mais loin de la surveillance de cette wagnérienne qui était plus loin avec un groupe de personnes de son âge, Mme de Cambremer se laissait aller à des impressions délicieuses. La princesse des Laumes les éprouvait aussi. Sans être par nature douée pour la musique, elle avait reçu il y a quinze ans les leçons qu'un professeur de piano du faubourg Saint-Germain, femme de génie qui avait été à la fin de sa vie réduite à la misère, avait recommencé, à l'âge de soixante-dix ans, à donner aux filles et aux petites-filles de ses anciennes élèves. Elle était morte aujourd'hui. Mais sa méthode, son beau son, renaissaient parfois sous les doigts de ses élèves, même de celles qui étaient devenues pour le reste des personnes médiocres, avaient abandonné la musique et n'ouvraient presque plus jamais un piano. Aussi Mme des Laumes put-elle secouer la tête, en pleine connaissance de cause, avec une appréciation juste de la façon dont le pianiste jouait ce prélude qu'elle savait par cœur. La fin de la phrase commencée chanta d'elle-même sur ses lèvres. Et elle murmura « C'est toujours *ch*armant », avec un double *ch* au commencement du mot qui était une marque de délicatesse et dont elle sentait ses lèvres si romanesquement froissées comme une belle fleur, qu'elle harmonisa instinctivement son regard avec elles en lui donnant à ce moment-là une sorte de sentimentalité et de vague. Cependant Mme de Gallardon était en train de se dire qu'il était fâcheux qu'elle n'eût que bien rarement l'occasion de rencontrer la princesse des Laumes, car elle souhaitait lui donner une leçon en ne répondant pas à son salut. Elle ne savait pas que sa cousine fût là. Un mouvement de tête de Mme de Franquetot la lui découvrit. Aussitôt elle se précipita vers elle en dérangeant tout le monde ; mais désireuse de garder un air hautain et glacial qui rappelât à tous qu'elle ne désirait pas avoir de relations avec une personne chez qui on pouvait se trouver nez à nez avec la princesse Mathilde, et au-devant de qui elle n'avait pas à aller car elle n'était pas « sa contemporaine », elle voulut pourtant compenser cet air de hauteur et de réserve par quelque propos qui justifiât sa démarche et forçât la princesse à engager la conversation ; aussi une fois arrivée près de sa cousine, Mme de Gallardon, avec un visage dur, une main tendue comme une carte forcée, lui dit : « Comment va ton mari ? » de la même voix soucieuse que si le prince avait été gravement malade. La princesse, éclatant d'un rire qui lui était particulier et qui était destiné à la fois à montrer aux autres qu'elle se moquait de quelqu'un et aussi à se faire paraître plus jolie en concentrant les traits de son visage autour de sa bouche animée et de son regard brillant, lui répondit :

« Mais le mieux du monde ! »

Et elle rit encore. Cependant tout en redressant sa taille et refroidissant sa mine, inquiète encore pourtant de l'état du prince, Mme de Gallardon dit à sa cousine :

« Oriane (ici Mme des Laumes regarda d'un air étonné et rieur un tiers invisible vis-à-vis duquel elle semblait tenir à attester qu'elle n'avait jamais autorisé Mme de Gallardon à l'appeler par son prénom), je tiendrais beaucoup à ce que tu viennes un moment demain soir chez moi entendre un quintette avec clarinette de Mozart. Je voudrais avoir ton appréciation. »

Elle semblait non pas adresser une invitation, mais demander un service, et avoir besoin de l'avis de la princesse sur le quintette de Mozart, comme si ç'avait été un plat de la composition d'une nouvelle cuisinière sur les talents de laquelle il lui eût été précieux de recueillir l'opinion d'un gourmet.

« Mais je connais ce quintette, je peux te dire tout de suite... que je l'aime !

— Tu sais, mon mari n'est pas bien, son foie..., cela lui ferait grand plaisir de te voir », reprit Mme de Gallardon, faisant maintenant à la princesse une obligation de charité de paraître à sa soirée.

La princesse n'aimait pas à dire aux gens qu'elle ne voulait pas aller chez eux. Tous les jours elle écrivait son regret d'avoir été privée – par une visite inopinée de sa belle-mère, par une invitation de son beau-frère, par l'Opéra, par une partie de campagne – d'une soirée à laquelle elle n'aurait jamais songé à se rendre. Elle donnait ainsi à beaucoup de gens la joie de croire qu'elle était de leurs relations, qu'elle eût été volontiers chez eux, qu'elle n'avait été empêchée de le faire que par les contretemps princiers qu'ils étaient flattés de voir entrer en concurrence avec leur soirée. Puis, faisant partie de cette spirituelle coterie des Guermantes où survivait quelque chose de l'esprit alerte, dépouillé de lieux communs et de sentiments convenus, qui descend de Mérimée et a trouvé sa dernière expression dans le théâtre de Meilhac et Halévy, elle l'adaptait même aux rapports sociaux, le transposait jusque dans sa politesse qui s'efforçait d'être positive, précise, de se rapprocher de l'humble vérité. Elle ne développait pas longuement à une maîtresse de maison l'expression du désir qu'elle avait d'aller à sa soirée ; elle trouvait plus aimable de lui exposer quelques petits faits d'où dépendrait qu'il lui fût ou non possible de s'y rendre.

« Écoute, je vais te dire, dit-elle à Mme de Gallardon, il faut demain soir que j'aille chez une amie qui m'a demandé mon jour depuis longtemps. Si elle nous emmène au théâtre, il n'y aura pas, avec la meilleure volonté, possibilité que j'aille chez toi ; mais si nous restons chez elle, comme je sais que nous serons seuls, je pourrai la quitter.

— Tiens, tu as vu ton ami M. Swann ?

— Mais non, cet amour de Charles, je ne savais pas qu'il fût là, je vais tâcher qu'il me voie.

— C'est drôle qu'il aille même chez la mère Saint-Euverte, dit Mme de Gallardon. Oh ! je sais qu'il est intelligent, ajouta-t-elle en voulant dire par là intrigant, mais cela ne fait rien, un Juif chez la sœur et la belle-sœur de deux archevêques !

— J'avoue à ma honte que je n'en suis pas choquée, dit la princesse des Laumes.

— Je sais qu'il est converti, et même déjà ses parents et ses grands-parents. Mais on dit que les convertis restent plus attachés à leur religion que les autres, que c'est une frime, est-ce vrai ?

— Je suis sans lumières à ce sujet. »

Le pianiste qui avait à jouer deux morceaux de Chopin, après avoir terminé le prélude avait attaqué aussitôt une polonaise. Mais depuis que Mme de Gallardon avait signalé à sa cousine la présence de Swann, Chopin ressuscité aurait pu venir jouer lui-même toutes ses œuvres sans que Mme des Laumes pût y faire attention. Elle faisait partie d'une de ces deux moitiés de l'humanité chez qui la curiosité qu'a l'autre moitié pour les êtres qu'elle ne connaît pas est remplacée par l'intérêt pour les êtres qu'elle connaît. Comme beaucoup de femmes du faubourg Saint-Germain, la présence dans un endroit où elle se trouvait de quelqu'un de sa coterie, et auquel d'ailleurs elle n'avait rien de particulier à dire, accaparait exclusivement son attention aux dépens de tout le reste. À partir de ce moment, dans l'espoir que Swann la remarquerait, la princesse ne fit plus, comme une souris blanche apprivoisée à qui on tend puis on retire un morceau de sucre, que tourner sa figure, remplie de mille signes de connivence dénués de rapports avec le sentiment de la polonaise de Chopin, dans la direction où était Swann et si celui-ci changeait de place, elle déplaçait parallèlement son sourire aimanté.

« Oriane, ne te fâche pas », reprit Mme de Gallardon qui ne pouvait jamais s'empêcher de sacrifier ses plus grandes espérances sociales et d'éblouir un jour le monde, au plaisir obscur, immédiat et privé de dire quelque chose de désagréable, « il y a des gens qui prétendent que ce M. Swann, c'est quelqu'un qu'on ne peut pas recevoir chez soi, est-ce vrai ?

— Mais... tu dois bien savoir que c'est vrai, répondit la princesse des Laumes, puisque tu l'as invité cinquante fois et qu'il n'est jamais venu. »

Et quittant sa cousine mortifiée, elle éclata de nouveau d'un rire qui scandalisa les personnes qui écoutaient la musique, mais attira l'attention de Mme de Saint-Euverte, restée par politesse près du piano et qui aperçut seulement alors la princesse. Mme de Saint-Euverte était d'autant plus ravie de voir Mme des Laumes qu'elle la croyait encore à Guermantes en train de soigner son beau-père malade.

« Mais comment, princesse, vous étiez là ?

— Oui, je m'étais mise dans un petit coin, j'ai entendu de belles choses.

— Comment, vous êtes là depuis déjà un long moment !

— Mais oui, un très long moment qui m'a semblé très court, long seulement parce que je ne vous voyais pas. »

Mme de Saint-Euverte voulut donner son fauteuil à la princesse qui répondit :

« Mais pas du tout ! Pourquoi ? Je suis bien n'importe où ! »

Et, avisant avec intention, pour mieux manifester sa simplicité de grande dame, un petit siège sans dossier :

« Tenez, ce pouf, c'est tout ce qu'il me faut. Cela me fera tenir droite. Oh ! mon Dieu, je fais encore du bruit, je vais me faire conspuer. »

Cependant le pianiste redoublant de vitesse, l'émotion musicale était à son comble, un domestique passait des rafraîchissements sur un plateau et faisait tinter des cuillers et, comme chaque semaine, Mme de Saint-Euverte lui faisait, sans qu'il la vît, des signes de s'en aller. Une nouvelle mariée, à qui on avait appris qu'une jeune femme ne doit pas avoir l'air blasé, souriait de plaisir, et cherchait des yeux la maîtresse de maison pour lui témoigner par son regard sa reconnaissance d'avoir « pensé à elle » pour un pareil régal. Pourtant, quoique avec plus de calme que Mme de Franquetot, ce n'est pas sans inquiétude qu'elle suivait le morceau ; mais la sienne avait pour objet, au lieu du pianiste, le piano sur lequel une bougie tressautant à chaque fortissimo risquait, sinon de mettre le feu à l'abat-jour, du moins de faire des taches sur le palissandre. À la fin elle n'y tint plus et escaladant les deux marches de l'estrade, sur laquelle était placé le piano, se précipita pour enlever la bobèche. Mais à peine ses mains allaient-elles la toucher que, sur un dernier accord, le morceau finit et le pianiste se leva. Néanmoins l'initiative hardie de cette jeune femme, la courte promiscuité qui en résulta entre elle et l'instrumentiste, produisirent une impression généralement favorable.

« Vous avez remarqué ce qu'a fait cette personne, princesse », dit le général de Froberville à la princesse des Laumes qu'il était venu saluer et que Mme de Saint-Euverte quitta un instant. « C'est curieux. Est-ce donc une artiste ?

— Non, c'est une petite Mme de Cambremer », répondit étourdiment la princesse et elle ajouta vivement : « Je vous répète ce que j'ai entendu dire, je n'ai aucune espèce de notion de qui c'est, on a dit derrière moi que c'étaient des voisins de campagne de Mme de Saint-Euverte, mais je ne crois pas que personne les connaisse. Ça doit être des "gens de la campagne" ! Du reste, je ne sais pas si vous êtes très répandu dans la brillante société qui se trouve ici, mais je n'ai pas idée du nom de toutes ces étonnantes personnes. À quoi pensez-vous qu'ils passent leur vie en dehors des soirées de Mme de Saint-Euverte ? Elle a dû les faire venir avec les musiciens, les chaises et les rafraîchissements. Avouez que ces "invités de chez Belloir" sont magnifiques. Est-ce que vraiment elle a le courage de louer ces figurants toutes les semaines ? Ce n'est pas possible !

— Ah ! Mais Cambremer, c'est un nom authentique et ancien, dit le général.

— Je ne vois aucun mal à ce que ce soit ancien, répondit sèchement la princesse, mais en tous cas ce n'est pas *euphonique* », ajouta-t-elle en détachant le mot euphonique comme s'il était entre guillemets, petite affectation de débit qui était particulière à la coterie Guermantes.

« Vous trouvez ? Elle est jolie à croquer, dit le général qui ne perdait pas Mme de Cambremer de vue. Ce n'est pas votre avis, princesse ?

— Elle se met trop en avant, je trouve que chez une si jeune femme, ce n'est pas agréable, car je ne crois pas qu'elle soit ma contemporaine », répondit Mme des Laumes (cette expression étant commune aux Gallardon et aux Guermantes).

Mais la princesse voyant que M. de Froberville continuait à regarder Mme de Cambremer, ajouta moitié par méchanceté pour celle-ci, moitié par amabilité pour le général : « Pas agréable... pour son mari ! Je regrette de ne pas la connaître puisqu'elle vous tient à cœur, je vous aurais présenté », dit la princesse qui probablement n'en aurait rien fait si elle avait connu la jeune femme. « Je vais être obligée de vous dire bonsoir, parce que c'est la fête d'une amie à qui je dois aller la souhaiter », dit-elle d'un ton modeste et vrai, réduisant la réunion mondaine à laquelle elle se rendait à la simplicité d'une cérémonie ennuyeuse mais où il était obligatoire et touchant d'aller. « D'ailleurs je dois y retrouver Basin qui, pendant que j'étais ici, est allé voir ses amis que vous connaissez, je crois, qui ont un nom de pont, les Iéna.

— Ç'a été d'abord un nom de victoire, princesse, dit le général. Qu'est-ce que vous voulez, pour un vieux briscard comme moi », ajouta-t-il en ôtant son monocle pour l'essuyer, comme il aurait changé un pansement, tandis que la princesse détournait instinctivement les yeux, « cette noblesse d'Empire, c'est autre chose bien entendu, mais enfin, pour ce que c'est, c'est très beau dans son genre, ce sont des gens qui en somme se sont battus en héros.

— Mais je suis pleine de respect pour les héros, dit la princesse, sur un ton légèrement ironique : si je ne vais pas avec Basin chez cette princesse d'Iéna, ce n'est pas du tout pour ça, c'est tout simplement parce que je ne les connais pas. Basin les connaît, les chérit. Oh ! non, ce n'est pas ce que vous pouvez penser, ce n'est pas un flirt, je n'ai pas à m'y opposer ! Du reste, pour ce que cela sert quand je veux m'y opposer ! » ajouta-t-elle d'une voix mélancolique, car tout le monde savait que dès le lendemain du jour où le prince des Laumes avait épousé sa ravissante cousine, il n'avait pas cessé de la tromper. « Mais enfin ce n'est pas le cas, ce sont des gens qu'il a connus autrefois, il en fait ses choux gras, je trouve cela très bien. D'abord je vous dirai que rien que ce qu'il m'a dit de leur maison... Pensez que tous leurs meubles sont “Empire” !

— Mais, princesse, naturellement, c'est parce que c'est le mobilier de leurs grands-parents.

— Mais je ne vous dis pas, mais ça n'est pas moins laid pour ça. Je comprends très bien qu'on ne puisse pas avoir de jolies choses, mais au moins qu'on n'ait pas de choses ridicules. Qu'est-ce que vous voulez ? je ne connais rien de plus pompier, de plus bourgeois que cet horrible style, avec ces commodes qui ont des têtes de cygnes comme des baignoires.

— Mais je crois même qu'ils ont de belles choses, ils doivent avoir la fameuse table de mosaïque sur laquelle a été signé le traité de...

— Ah ! Mais qu'ils aient des choses intéressantes au point de vue de l'histoire, je ne vous dis pas. Mais ça ne peut pas être beau... puisque c'est horrible ! Moi j'ai aussi des choses comme ça que Basin a héritées des Montesquiou. Seulement elles sont dans les greniers de Guermantes où personne ne les voit. Enfin, du reste, ce n'est pas la question, je me précipiterais chez eux avec Basin, j'irais les voir même au milieu de leurs sphinx et de leur cuivre si je les connaissais, mais... je ne les connais pas ! Moi, on m'a toujours dit quand j'étais petite que ce n'était pas poli d'aller chez les gens qu'on ne connaissait pas, dit-elle en prenant un ton puéril. Alors, je fais ce qu'on m'a appris. Voyez-vous ces braves gens s'ils voyaient entrer une personne qu'ils ne connaissent pas ? Ils me recevraient peut-être très mal ! » dit la princesse.

Et par coquetterie elle embellit le sourire que cette supposition lui arrachait, en donnant à son regard bleu fixé sur le général une expression rêveuse et douce.

« Ah ! princesse, vous savez bien qu'ils ne se tiendraient pas de joie...

— Mais non, pourquoi ? » lui demanda-t-elle avec une extrême vivacité, soit pour ne pas avoir l'air de savoir que c'est parce qu'elle était une des plus grandes dames de France, soit pour avoir le plaisir de l'entendre dire au général. « Pourquoi ? Qu'en savez-vous ? Cela leur serait peut-être tout ce qu'il y a de plus désagréable. Moi je ne sais pas, mais si j'en juge par moi, cela m'ennuie déjà tant de voir les personnes que je connais, je crois que s'il fallait voir des gens que je ne connais pas, "même héroïques", je deviendrais folle. D'ailleurs, voyons, sauf lorsqu'il s'agit de vieux amis comme vous qu'on connaît sans cela, je ne sais pas si l'héroïsme serait d'un format très portatif dans le monde. Ça m'ennuie déjà souvent de donner des dîners, mais s'il fallait offrir le bras à Spartacus pour aller à table... Non vraiment, ce ne serait jamais à Vercingétorix que je ferais signe comme quatorzième. Je sens que je le réserverais pour les grandes soirées. Et comme je n'en donne pas...

— Ah ! princesse, vous n'êtes pas Guermantes pour des prunes. Le possédez-vous assez, l'esprit des Guermantes !

— Mais on dit toujours l'esprit *des* Guermantes, je n'ai jamais pu comprendre pourquoi. Vous en connaissez donc *d'autres* qui en aient », ajouta-t-elle dans un éclat de rire écumant et joyeux, les traits de son visage concentrés, accouplés dans le réseau de son animation, les yeux étincelants, enflammés d'un ensoleillement radieux de gaîté que seuls avaient le pouvoir de faire rayonner ainsi les propos, fussent-ils tenus par la princesse elle-même, qui étaient une louange de son esprit ou de sa beauté. « Tenez, voilà Swann qui a l'air de saluer votre Cambremer ; là... il est à côté de la mère Saint-Euverte, vous ne voyez pas ! Demandez-lui de vous présenter. Mais dépêchez-vous, il cherche à s'en aller !

— Avez-vous remarqué quelle affreuse mine il a ? dit le général.

— Mon petit Charles ! Ah ! enfin il vient, je commençais à supposer qu'il ne voulait pas me voir ! »

Swann aimait beaucoup la princesse des Laumes, puis sa vue lui rappelait Guermantes, terre voisine de Combray, tout ce pays qu'il aimait tant et où il ne retournait plus pour ne pas s'éloigner d'Odette. Usant des formes mi-artistes, mi-galantes, par lesquelles il savait plaire à la princesse et qu'il retrouvait tout naturellement quand il se retrempait un instant dans son ancien milieu – et voulant d'autre part pour lui-même exprimer la nostalgie qu'il avait de la campagne :

« Ah ! » dit-il à la cantonade, pour être entendu à la fois de Mme de Saint-Euverte à qui il parlait et de Mme des Laumes pour qui il parlait, « voici la charmante princesse ! Voyez, elle est venue tout exprès de Guermantes pour entendre le *Saint-François d'Assise* de Liszt et elle n'a eu le temps, comme une jolie mésange, que d'aller piquer pour les mettre sur sa tête quelques petits fruits de prunier des oiseaux et d'aubépine ; il y a même encore de petites gouttes de rosée, un peu de la gelée blanche qui doit faire gémir la duchesse. C'est très joli, ma chère princesse.

— Comment, la princesse est venue exprès de Guermantes ? Mais c'est trop ! Je ne savais pas, je suis confuse », s'écria naïvement Mme de Saint-Euverte qui était peu habituée au tour d'esprit de Swann. Et examinant la coiffure de la princesse : « Mais c'est vrai, cela imite... comment dirais-je, pas les châtaignes, non oh ! c'est une idée ravissante, mais comment la princesse pouvait-elle connaître mon programme ! Les musiciens ne me l'ont même pas communiqué à moi. »

Swann, habitué quand il était auprès d'une femme avec qui il avait gardé des habitudes galantes de langage, de dire des choses délicates que beaucoup de gens du monde ne comprenaient pas, ne daigna pas expliquer à Mme de Saint-Euverte qu'il n'avait parlé que par métaphore. Quant à la princesse, elle se mit à rire aux éclats, parce que l'esprit de Swann était extrêmement apprécié dans sa coterie et aussi parce qu'elle ne pouvait entendre un compliment s'adressant à elle sans lui trouver les grâces les plus fines et une irrésistible drôlerie.

« Hé bien ! je suis ravie, Charles, si mes petits fruits d'aubépine vous plaisent. Pourquoi est-ce que vous saluez cette Cambremer, est-ce que vous êtes aussi son voisin de campagne ? »

Mme de Saint-Euverte voyant que la princesse avait l'air content de causer avec Swann s'était éloignée.

« Mais vous l'êtes vous-même, princesse.

— Moi, mais ils ont donc des campagnes partout, ces gens ! Mais comme j'aimerais être à leur place !

— Ce ne sont pas les Cambremer, c'étaient ses parents à elle ; elle est une demoiselle Legrandin qui venait à Combray.

Je ne sais pas si vous savez que vous êtes comtesse de Combray et que le chapitre vous doit une redevance ?

— Je ne sais pas ce que me doit le chapitre, mais je sais que je suis tapée de cent francs tous les ans par le curé, ce dont je me passerais. Enfin ces Cambremer ont un nom bien étonnant. Il finit juste à temps, mais il finit mal ! dit-elle en riant.

— Il ne commence pas mieux, répondit Swann.

— En effet cette double abréviation !...

— C'est quelqu'un de très en colère et de très convenable qui n'a pas osé aller jusqu'au bout du premier mot.

— Mais puisqu'il ne devait pas pouvoir s'empêcher de commencer le second, il aurait mieux fait d'achever le premier pour en finir une bonne fois. Nous sommes en train de faire des plaisanteries d'un goût charmant, mon petit Charles, mais comme c'est ennuyeux de ne plus vous voir, ajouta-t-elle d'un ton câlin, j'aime tant causer avec vous. Pensez que je n'aurais même pas pu faire comprendre à cet idiot de Froberville que le nom de Cambremer était étonnant. Avouez que la vie est une chose affreuse. Il n'y a que quand je vous vois que je cesse de m'ennuyer. »

En écoutant ces notes de musique, je repense à une anecdote rapportée par Proust où une femme assiste à un concert de musique classique, et son voisin, à la fin du concert, se tourne vers elle et lui dit : « C'est une musique octogonale. » Et cette femme lui répond : « J'allais le dire. »

Guillaume Gallienne

Il était évidemment très tyrannique parce qu'il n'y avait pas d'heure de jour ni de nuit où au moment où il voulait quelque chose, il fallait qu'il l'ait. Moi, je l'aimais tellement, je m'étais tellement attachée à lui, que même dans mon sommeil, à n'importe quelle heure, j'étais heureuse de lui faire plaisir. Il aimait écrire toute la nuit. Pendant que les gens dormaient, lui travaillait.

Céleste Albaret

CD 1 PLAGE 4

4

Le sixième jour, Maman, pour obéir aux prières de grand-mère, dut la quitter un moment et faire semblant d'aller se reposer. J'aurais voulu, pour que ma grand-mère s'endormît, que Françoise restât sans bouger. Malgré mes supplications, elle sortit de la chambre ; elle aimait ma grand-mère ; avec sa clairvoyance et son pessimisme elle la jugeait perdue. Elle aurait donc voulu lui donner tous les soins possibles. Mais on venait de dire qu'il y avait un ouvrier électricien, très ancien dans sa maison, beau-frère de son patron, estimé dans notre immeuble où il venait travailler depuis de longues années, et surtout de Jupien. On avait commandé cet ouvrier avant que ma grand-mère tombât malade. Il me semblait qu'on eût pu le faire repartir ou le laisser attendre. Mais le protocole de Françoise ne le permettait pas, elle aurait manqué de délicatesse envers ce brave homme, l'état de ma grand-mère ne comptait plus. Quand au bout d'un quart d'heure, exaspéré, j'allai la chercher à la cuisine, je la trouvai causant avec lui sur le « carré » de l'escalier de service, dont la porte était ouverte, procédé qui avait l'avantage de permettre, si l'un de nous arrivait, de faire semblant qu'on allait se quitter, mais l'inconvénient d'envoyer d'affreux courants d'air. Françoise quitta donc l'ouvrier, non sans lui avoir encore crié quelques compliments, qu'elle avait oubliés, pour sa femme et son beau-frère. Souci caractéristique de Combray, de ne pas manquer à la délicatesse que Françoise portait jusque dans la politique extérieure. Les niais s'imaginent que les grosses dimensions des phénomènes sociaux sont une excellente occasion de pénétrer plus avant dans l'âme humaine ; ils devraient au contraire comprendre que c'est en descendant en profondeur dans une individualité qu'ils auraient chance de comprendre ces phénomènes. Françoise avait mille fois répété au jardinier de Combray que la guerre est le plus insensé des crimes et que rien ne vaut, sinon vivre. Or, quand éclata la guerre russo-japonaise, elle était gênée, vis-à-vis du czar, que nous ne nous fussions pas mis en guerre pour aider « les pauvres Russes », « puisqu'on est alliancé », disait-elle. Elle ne trouvait pas cela délicat envers Nicolas II qui avait toujours eu « de si bonnes paroles pour nous » ; c'était un effet du même code qui l'eût empêchée de refuser de Jupien un petit verre dont elle savait qu'il allait « contrarier sa digestion », et qui faisait que, si près de la mort de ma grand-mère, la même malhonnêteté dont elle jugeait coupable la

France restée neutre à l'égard du Japon, elle eût cru la commettre en n'allant pas s'excuser elle-même auprès de ce bon ouvrier électricien qui avait pris tant de dérangement.

Nous fûmes heureusement très vite débarrassés de la fille de Françoise qui eut à s'absenter plusieurs semaines. Aux conseils habituels qu'on donnait à Combray à la famille d'un malade : « Vous n'avez pas essayé d'un petit voyage, le changement d'air, retrouver l'appétit, etc. » elle avait ajouté l'idée presque unique qu'elle s'était spécialement forgée et qu'aussi elle répétait chaque fois qu'on la voyait, sans se lasser, et comme pour l'enfoncer dans la tête des autres : « Elle aurait dû se soigner *radicalement* dès le début. » Elle ne préconisait pas un genre de cure plutôt qu'un autre, pourvu que cette cure fût *radicale*. Quant à Françoise, elle voyait qu'on donnait peu de médicaments à ma grand-mère. Comme, selon elle, ils ne servent qu'à vous abîmer l'estomac, elle en était heureuse, mais plus encore humiliée. Elle avait dans le Midi des cousins – riches relativement – dont la fille, tombée malade en pleine adolescence, était morte à vingt-trois ans ; pendant quelques années le père et la mère s'étaient ruinés en remèdes, en docteurs différents, en pérégrinations d'une « station » thermale à une autre, jusqu'au décès. Or cela paraissait à Françoise, pour ces parents-là, une espèce de luxe, comme s'ils avaient eu des chevaux de courses, un château. Eux-mêmes, si affligés qu'ils fussent, tiraient une certaine vanité de tant de dépenses. Ils n'avaient plus rien, ni surtout le bien le plus précieux, leur enfant, mais ils aimaient à répéter qu'ils avaient fait pour elle autant et plus que les gens les plus riches. Les rayons ultra-violets, à l'action desquels on avait, plusieurs fois par jour, pendant des mois, soumis la malheureuse, les flattaient particulièrement. Le père, enorgueilli dans sa douleur par une espèce de gloire, en arrivait quelquefois à parler de sa fille comme d'une étoile de l'Opéra pour laquelle il se fût ruiné. Françoise n'était pas insensible à tant de mise en scène ; celle qui entourait la maladie de ma grand-mère lui semblait un peu pauvre, bonne pour une maladie sur un petit théâtre de province.

CD 1 PLAGE 5

5

Je n'osais bouger. Le palefrenier des Guermantes, profitant sans doute de leur absence, avait bien transféré dans la boutique où je me trouvais une échelle serrée jusque-là dans la remise. Et si j'y étais monté j'aurais pu ouvrir le vasistas et entendre comme si j'avais été chez Jupien même. Mais je craignais de faire du bruit. Du reste c'était inutile. Je n'eus même pas à regretter de n'être arrivé qu'au bout de quelques minutes dans ma boutique. Car d'après ce que j'entendis les premiers temps dans celle de Jupien et qui ne furent que des sons inarticulés, je suppose que peu de paroles furent prononcées. Il est vrai que ces sons étaient si violents que, s'ils n'avaient pas été toujours repris un octave plus haut par une plainte parallèle, j'aurais pu croire qu'une personne en égorgeait une autre à côté de moi et qu'ensuite le meurtrier et sa victime ressuscitée prenaient un bain pour effacer les traces du crime. J'en conclus plus tard qu'il y a une chose aussi bruyante que la souffrance, c'est le plaisir, surtout quand s'y ajoutent – à défaut de la peur d'avoir des enfants, ce qui ne pouvait être le cas ici malgré l'exemple peu probant de la *Légende dorée* – des soucis immédiats de propreté. Enfin au bout d'une demi-heure environ (pendant laquelle je m'étais hissé à pas de loup sur mon échelle afin de voir par le vasistas que je n'ouvris pas), une conversation s'engagea. Jupien refusait avec force l'argent que M. de Charlus voulait lui donner.

Puis M. de Charlus fit un pas hors de la boutique. « Pourquoi avez-vous votre menton rasé comme cela, dit-il au baron d'un ton de câlinerie. C'est si beau une belle barbe ! — Fi ! c'est dégoûtant », répondit le baron. Cependant il s'attardait encore sur le pas de la porte et demandait à Jupien des renseignements sur le quartier. « Vous ne savez rien sur le marchand de marrons du coin, pas à gauche, c'est une horreur, mais du côté pair, un grand gaillard tout noir ? Et le pharmacien d'en face, il a un cycliste très gentil qui porte ses médicaments. » Ces questions froissèrent sans doute Jupien car, se redressant avec le dépit d'une grande coquette trahie, il répondit : « Je vois que vous avez un cœur d'artichaut. » Proféré d'un ton douloureux, glacial et maniéré, ce reproche fut sans doute sensible à M. de Charlus qui, pour effacer la mauvaise impression que sa curiosité avait produite, adressa à Jupien, trop bas pour que je distinguasse bien les mots, une prière qui nécessiterait sans doute qu'ils prolongeassent leur séjour dans la boutique et qui toucha assez le giletier pour effacer sa souffrance, car il considéra la figure du baron, grasse et congestionnée sous les cheveux gris, de l'air noyé de bonheur de quelqu'un dont on vient de flatter profondément l'amour-propre, et se décidant à accorder à M. de Charlus ce que celui-ci venait de lui demander, Jupien, après des remarques dépourvues de distinction telles que : « Vous en avez un gros pétard ! », dit au baron d'un air souriant, ému, supérieur et reconnaissant : « Oui, va, grand gosse ! »

« Si je reviens sur la question du conducteur de tramway, reprit M. de Charlus avec ténacité, c'est qu'en dehors de tout, cela pourrait présenter quelque intérêt pour le retour. Il m'arrive en effet, comme le calife qui parcourait Bagdad pris pour un simple marchand, de condescendre à suivre quelque curieuse petite personne dont la silhouette m'aura amusé. » Je fis ici la même remarque que j'avais faite sur Bergotte. S'il avait jamais à répondre devant un tribunal, il userait non des phrases propres à convaincre les juges, mais de ces phrases bergottesques que son tempérament littéraire particulier lui suggérait naturellement et lui faisait trouver plaisir à employer. Pareillement M. de Charlus se servait avec le giletier du même langage qu'il eût fait avec des gens du monde de sa coterie, exagérant même ses tics, soit que la timidité contre laquelle il s'efforçait de lutter le poussât à un excessif orgueil, soit que l'empêchant de se dominer (car on est plus troublé devant quelqu'un qui n'est pas de votre milieu), elle le forçât de dévoiler, de mettre à nu sa nature, laquelle était en effet orgueilleuse et un peu folle, comme disait Mme de Guermantes. « Pour ne pas perdre sa piste, continua-t-il, je saute comme un petit professeur, comme un jeune et beau médecin, dans le même tramway que la petite personne, dont nous ne parlons au féminin que pour suivre la règle (comme on dit en parlant d'un prince : Est-ce que Son Altesse est bien portante ?). Si elle change de tramway, je prends, avec peut-être les microbes de la peste, la chose incroyable appelée "correspondance", un numéro, et qui, bien qu'on le remette à *moi*, n'est pas toujours le n° 1 ! Je change ainsi jusqu'à trois, quatre fois de "voiture". Je m'échoue parfois à onze heures du soir à la gare d'Orléans, et il faut revenir ! Si encore ce n'était que de la gare d'Orléans ! Mais une fois, par exemple, n'ayant pu entamer la conversation avant, je suis allé jusqu'à Orléans même, dans un de ces affreux wagons où on a comme vue, entre des triangles d'ouvrages dits de "filet", la photographie des principaux chefs-d'œuvre d'architecture du réseau. Il n'y avait qu'une place de libre, j'avais en face de moi, comme monument historique, une "vue" de la cathédrale d'Orléans, qui est la plus laide de France, et aussi fatigante à regarder ainsi malgré moi que si on m'avait forcé d'en fixer les tours dans la boule de verre de ces porte-plume optiques qui donnent des ophtalmies. Je descendis aux Aubrais en même temps que ma jeune personne qu'hélas, sa famille (alors que je lui supposais tous les défauts excepté celui d'avoir une famille) attendait sur le quai ! Je n'eus pour consolation, en attendant le train qui me ramènerait à Paris, que la maison de Diane de Poitiers. Elle a eu beau charmer un de mes *ancêtres* royaux, j'eusse préféré une beauté plus vivante. C'est pour cela, pour remédier à l'ennui de ces retours seul, que j'aimerais assez connaître un garçon des wagons-lits, un conducteur d'omnibus.

Proust était un homme assez étonnant, donc asthmatique, écrivant allongé dans une chambre entièrement couverte de liège car c'est le meilleur insonorisant qui soit, il détestait le moindre bruit, il détestait pas mal de choses. Je ne sais plus qui disait que c'était l'homme le plus compliqué qu'il avait jamais rencontré de sa vie. Il était un peu compliqué, en effet, Marcel.

Guillaume Gallienne

Ah ! j'ai connu Marcel Proust lorsqu'il était un inconnu et nous le traitions toujours comme s'il était célèbre, c'était une habitude prise. Lucien Daudet m'avait mené dans cette chambre du boulevard Haussmann, où il vivait couché dans un nuage de poudre anti-asthmatique. On n'ouvrait jamais les fenêtres, la poussière recouvrait les meubles comme une fourrure de petit-gris. En entrant chez lui, Céleste vous faisait passer un examen dans l'antichambre. Il fallait avouer si l'on avait touché des fleurs ou serré la main d'une personne qui aurait touché des fleurs. Le moindre parfum de fleurs ou spectre de parfum de fleurs donnait à Proust des crises d'asthme.

Jean Cocteau

— On voudrait lire et relire encore après la dernière ligne du *Temps retrouvé*. Toute sa vie secrète est là, masquée de velours noir. On dirait que la solitude le poussait à se livrer et à se cacher tout à la fois.
— Qu'est-ce que vous pensez de l'œuvre de Proust?
— Il y a des œuvres courtes qui paraissent longues ; la longueur de Proust me paraît courte.

Entretien avec Jean Cocteau

CD 1 PLAGE 6

6

Nous étions, Albertine et moi, devant la station Balbec du petit train d'intérêt local. Nous nous étions fait conduire par l'omnibus de l'hôtel, à cause du mauvais temps. Non loin de nous était M. Nissim Bernard, lequel avait un œil poché. Il trompait depuis peu l'enfant des chœurs d'*Athalie* avec le garçon d'une ferme assez achalandée du voisinage, *Aux Cerisiers*. Ce garçon rouge, aux traits abrupts, avait absolument l'air d'avoir comme tête une tomate. Une tomate exactement semblable servait de tête à son frère jumeau. Pour le contemplateur désintéressé, il y a cela d'assez beau, dans ces ressemblances parfaites de deux jumeaux, que la nature, comme si elle s'était momentanément industrialisée, semble débiter des produits pareils. Malheureusement, le point de vue de M. Nissim Bernard était autre et cette ressemblance n'était qu'extérieure. La tomate n° 2 se plaisait avec frénésie à faire exclusivement les délices des dames, la tomate n° 1 ne détestait pas condescendre aux goûts de certains messieurs. Or chaque fois que secoué ainsi que par un réflexe, par le souvenir des bonnes heures passées avec la tomate n° 1, M. Bernard se présentait *Aux Cerisiers*, myope (et du reste la myopie n'était pas nécessaire pour les confondre), le vieil Israélite, jouant sans le savoir Amphitryon, s'adressait au frère jumeau et lui disait : « Veux-tu me donner rendez-vous pour ce soir ? » Il recevait aussitôt une solide « tournée ». Elle vint même à se renouveler au cours d'un même repas, où il continuait avec l'autre les propos commencés avec le premier. À la longue elle le dégoûta tellement, par association d'idées, des tomates, même de celles comestibles, que chaque fois qu'il entendait un voyageur en commander à côté de lui au Grand-Hôtel, il lui chuchotait : « Excusez-moi, monsieur, de m'adresser à vous sans vous connaître. Mais j'ai entendu que vous commandiez des tomates. Elles sont pourries aujourd'hui. Je vous le dis dans votre intérêt car pour moi cela m'est égal, je n'en prends jamais. » L'étranger remerciait avec effusion ce voisin philanthrope et désintéressé, rappelait le garçon, feignait de se raviser : « Non, décidément, pas de tomates. »

7

CD 1 PLAGE 7

Au moment même, en effet, où j'étais entré dans le salon, M. de Guermantes, sans même me laisser le temps de dire bonjour à la duchesse, m'avait mené, comme pour faire une bonne surprise à cette personne à laquelle il semblait dire : « Voici votre ami : vous voyez, je vous l'amène par la peau du cou », vers une dame assez petite. Or, bien avant que, poussé par le duc, je fusse arrivé devant elle, cette dame n'avait cessé de m'adresser avec ses larges et doux yeux noirs les mille sourires entendus que nous adressons à une vieille connaissance qui peut-être ne nous reconnaît pas. Comme c'était justement mon cas et que je ne parvenais pas à me rappeler qui elle était, je détournais la tête tout en m'avançant de façon à ne pas avoir à répondre jusqu'à ce que la présentation m'eût tiré d'embarras. Pendant ce temps, la dame continuait à tenir en équilibre instable son sourire destiné à moi. Elle avait l'air d'être pressée de s'en débarrasser et que je dise enfin : « Ah ! Madame, je crois bien ! Comme maman sera heureuse que nous nous soyons retrouvés ! » J'étais aussi impatient de savoir son nom qu'elle d'avoir vu que je la saluais enfin en pleine connaissance de cause et que son sourire indéfiniment prolongé comme un *sol* dièse pouvait enfin cesser. Mais M. de Guermantes s'y prit si mal, au moins à mon avis, qu'il me sembla qu'il n'avait nommé que moi et que j'ignorais toujours qui était la pseudo-inconnue, laquelle n'eut pas le bon esprit de se nommer, tant les raisons de notre intimité, obscures pour moi, lui paraissaient claires. En effet, dès que je fus auprès d'elle, elle ne me tendit pas sa main, mais prit familièrement la mienne et me parla sur le même ton que si j'eusse été aussi au courant qu'elle des bons souvenirs à quoi elle se reportait mentalement. Elle me dit combien Albert, que je compris être son fils, allait regretter de n'avoir pu venir. Je cherchai parmi mes anciens camarades lequel s'appelait Albert, je ne trouvai que Bloch, mais ce ne pouvait être Mme Bloch mère que j'avais devant moi, puisque celle-ci était morte depuis de longues années. Je m'efforçais vainement à deviner ce passé commun à elle et à moi auquel elle se reportait en pensée. Mais je ne l'apercevais pas mieux à travers le jais translucide des larges et douces prunelles qui ne laissaient passer que le sourire, qu'on ne distingue un paysage situé derrière une vitre noire même enflammée de soleil. Elle me demanda si mon père ne se fatiguait pas trop, si je ne voudrais pas un jour aller au théâtre avec Albert, si j'étais moins souffrant, et comme mes réponses, titubant dans l'obscurité mentale où je me trouvais, ne devinrent distinctes que pour dire que je n'étais pas bien ce soir, elle avança elle-même une chaise pour moi en faisant mille frais auxquels ne m'avaient jamais habitué les autres amis de mes parents. Enfin le mot de l'énigme me fut donné par le duc : « Elle vous trouve charmant », murmura-t-il à mon oreille, laquelle fut frappée comme si ces mots ne lui étaient pas inconnus. C'étaient ceux que Mme de Villeparisis nous avait dits, à ma grand-mère et à moi, quand nous avions fait la connaissance de la princesse de Luxembourg. Alors je compris tout, la dame présente n'avait rien de commun avec Mme de Luxembourg, mais au langage de celui qui me la servait, je discernai l'espèce de la bête. C'était une Altesse. Elle ne connaissait nullement ma famille ni moi-même, mais issue de la race la plus noble et possédant la plus grande fortune du monde (car, fille du prince de Parme, elle avait épousé un cousin également princier), elle désirait, dans sa gratitude au Créateur, témoigner au prochain, de si pauvre ou de si humble extraction fût-il, qu'elle ne le méprisait pas. À vrai dire, les sourires auraient pu me le faire deviner, j'avais vu la princesse de Luxembourg acheter des petits pains de seigle sur la plage pour en donner à ma grand-mère, comme à une biche du Jardin d'Acclimatation. Mais ce n'était encore que la seconde princesse du sang à qui j'étais présenté, et j'étais excusable de ne pas avoir dégagé les traits généraux de l'amabilité des grands. D'ailleurs eux-mêmes n'avaient-ils pas pris la peine de m'avertir de ne pas trop compter sur cette amabilité, puisque la duchesse de Guermantes, qui m'avait fait tant de bonjours avec la main à l'Opéra, avait eu l'air furieux que je la saluasse dans la rue, comme les gens qui, ayant une fois donné un louis à quelqu'un, pensent qu'avec celui-là ils sont en règle pour toujours. Quant à M. de Charlus, ses hauts et ses bas étaient encore plus contrastés. Enfin j'ai connu, on le verra, des altesses et des majestés d'une autre sorte, reines qui jouent à la reine, et parlent non selon les habitudes de leurs congénères, mais comme les reines dans Sardou.

Si M. de Guermantes avait mis tant de hâte à me présenter, c'est que le fait qu'il y ait dans une réunion quelqu'un d'inconnu à une Altesse royale, est intolérable et ne peut se prolonger une seconde. C'était cette même hâte que Saint-Loup avait mise à se faire présenter à ma grand-mère. D'ailleurs, par un reste hérité de la vie des cours qui s'appelle la politesse mondaine et qui n'est pas superficiel, mais où, par un retournement du dehors au dedans, c'est la superficie qui devient essentielle et profonde, le duc et la duchesse de Guermantes considéraient comme un devoir plus essentiel que ceux, assez souvent négligés au moins par l'un d'eux, de la charité, de la chasteté, de la pitié et de la justice, celui, plus inflexible, de ne guère parler à la princesse de Parme qu'à la troisième personne.

À défaut d'être encore jamais de ma vie allé à Parme (ce que je désirais depuis de lointaines vacances de Pâques), en connaître la princesse, qui, je le savais, possédait le plus beau palais de cette cité unique où tout d'ailleurs devait être homogène, isolée qu'elle était du reste du monde, entre les parois polies, dans l'atmosphère, étouffante comme un soir d'été sans air sur une place de petite ville italienne, de son nom compact et trop doux, cela aurait dû substituer tout d'un coup à ce que je tâchais de me figurer, ce qui existait réellement à Parme, en une sorte d'arrivée fragmentaire et sans avoir bougé ; c'était, dans l'algèbre du voyage à la ville de Giorgione, comme une première équation à cette inconnue. Mais si j'avais depuis des années – comme un parfumeur à un bloc uni de matière grasse – fait absorber à ce nom de princesse de Parme le parfum de milliers de violettes, en revanche, dès que je vis la princesse, que j'aurais été jusque-là convaincu être au moins la Sanseverina, une seconde opération commença, laquelle ne fut, à vrai dire, parachevée que quelques mois plus tard, et qui consista, à l'aide de nouvelles malaxations chimiques, à expulser toute huile essentielle de violettes et tout parfum stendhalien du nom de la princesse et à y incorporer à la place l'image d'une petite femme noire, occupée d'œuvres, d'une amabilité tellement humble qu'on comprenait tout de suite dans quel orgueil altier cette amabilité prenait son origine. Du reste, pareille, à quelques différences près, aux autres grandes dames, elle était aussi peu stendhalienne que, par exemple, à Paris, dans le quartier de l'Europe, la rue de Parme, qui ressemble beaucoup moins au nom de Parme qu'à toutes les rues avoisinantes, et fait moins penser à la Chartreuse où meurt Fabrice qu'à la salle des pas perdus de la gare Saint-Lazare.

Son amabilité tenait à deux causes. L'une, générale, était l'éducation que cette fille de souverains avait reçue. Sa mère (non seulement alliée à toutes les familles royales de l'Europe, mais encore – contraste avec la maison ducale de Parme – plus riche qu'aucune princesse régnante) lui avait, dès son âge le plus tendre, inculqué les préceptes orgueilleusement humbles d'un snobisme évangélique ; et maintenant chaque trait du visage de la fille, la courbe de ses épaules, les mouvements de ses bras semblaient répéter : « Rappelle-toi que si Dieu t'a fait naître sur les marches d'un trône, tu ne dois pas en profiter pour mépriser ceux à qui la divine Providence a voulu (qu'elle en soit louée !) que tu fusses supérieure par la naissance et par les richesses. Au contraire, sois bonne pour les petits. Tes aïeux étaient princes de Clèves et de Juliers dès 647 ; Dieu a voulu dans sa bonté que tu possédasses presque toutes les actions du canal de Suez et trois fois autant de Royal Dutch qu'Edmond de Rothschild ; ta filiation en ligne directe est établie par les généalogistes depuis l'an 63 de l'ère chrétienne ; tu as pour belles-sœurs deux impératrices. Aussi n'aie jamais l'air en parlant de te rappeler de si grands privilèges, non qu'ils soient précaires (car on ne peut rien changer à l'ancienneté de la race et on aura toujours besoin de pétrole), mais il est inutile d'enseigner que tu es mieux née que quiconque et que tes placements sont de premier ordre, puisque tout le monde le sait. Sois secourable aux malheureux. Fournis à tous ceux que la bonté céleste t'a fait la grâce de placer au-dessous de toi ce que tu peux leur donner sans déchoir de ton rang, c'est-à-dire des secours en argent, même des soins d'infirmière, mais bien entendu jamais d'invitations à tes soirées, ce qui ne leur ferait aucun bien, mais, en diminuant ton prestige, ôterait de son efficacité à ton action bienfaisante. »

Aussi, même dans les moments où elle ne pouvait pas faire de bien, la princesse cherchait à montrer, ou plutôt à faire croire par tous les signes extérieurs du langage muet, qu'elle ne se croyait pas supérieure aux personnes au milieu de qui elle se trouvait. Elle avait avec chacun cette charmante politesse qu'ont avec les inférieurs les gens bien élevés et à tout moment, pour se rendre utile, poussait sa chaise dans le but de laisser plus de place, tenait mes gants, m'offrait tous ces services, indignes des fières bourgeoises, et que rendent bien volontiers les souveraines ou, instinctivement et par pli professionnel, les anciens domestiques.

Une citation de Marcel Proust mais à propos de la lecture : « En réalité, chaque lecteur est quand il lit le propre lecteur de soi-même. L'ouvrage de l'écrivain n'est qu'une espèce d'instrument optique qu'il offre au lecteur afin de lui permettre de discerner ce que sans ce livre il n'eût peut-être pas vu en soi-même. La reconnaissance en soi-même, par le lecteur, de ce que dit le livre, est la preuve de la vérité de celui-ci. » Guillaume Gallienne

Je peux dire que Proust est mort le 18 novembre 1922. Il a gardé sa connaissance toute la journée, jusqu'à sa mort, au dernier moment. Proust est resté au travail jusqu'à trois heures et demie du matin et c'est à ce moment-là seulement qu'il a cessé de travailler. Donc, il est mort, vaincu au travail et, ne pouvant plus rien faire, il m'a souvent dit qu'il avait besoin « d'activer » et du reste, s'il est mort, il s'est un peu assassiné, je peux dire, puisqu'il a refusé tout soin pour pouvoir travailler.

Céleste Albaret

CD 1 PLAGE 8

8

— Faites entrer M. Swann», dit le duc après avoir regardé sa montre et vu qu'il avait lui-même quelques minutes encore avant d'aller s'habiller. «Naturellement ma femme, qui lui a dit de venir, n'est pas prête. Inutile de parler devant Swann de la soirée de Marie-Gilbert, me dit le duc. Je ne sais pas s'il est invité. Gilbert l'aime beaucoup, parce qu'il le croit petit-fils naturel du duc de Berri, c'est toute une histoire. (Sans ça, vous pensez! mon cousin qui tombe en attaque quand il voit un juif à cent mètres.) Mais enfin maintenant ça s'aggrave de l'affaire Dreyfus, Swann aurait dû comprendre qu'il devait, plus que tout autre, couper tout câble avec ces gens-là; or, tout au contraire, il tient des propos fâcheux.»

Le duc rappela le valet de pied pour savoir si celui qu'il avait envoyé chez le cousin d'Osmond était revenu. En effet le plan du duc était le suivant: comme il croyait avec raison son cousin mourant, il tenait à faire prendre des nouvelles avant la mort, c'est-à-dire avant le deuil forcé. Une fois couvert par la certitude officielle qu'Amanien était encore vivant, il ficherait le camp à son dîner, à la soirée du prince, à la redoute où il serait en Louis XI et où il avait le plus piquant rendez-vous avec une nouvelle maîtresse, et ne ferait plus prendre de nouvelles avant le lendemain, quand les plaisirs seraient finis. Alors on prendrait le deuil, s'il avait trépassé dans la soirée. « Non, monsieur le duc, il n'est pas encore revenu. — Cré nom de Dieu ! on ne fait jamais ici les choses qu'à la dernière heure », dit le duc à la pensée qu'Amanien avait eu le temps de « claquer » pour un journal du soir et de lui faire rater sa redoute. Il fit demander *Le Temps* où il n'y avait rien.

Je n'avais pas vu Swann depuis très longtemps, je me demandai un instant si autrefois il coupait sa moustache, ou n'avait pas les cheveux en brosse, car je lui trouvais quelque chose de changé ; c'était seulement qu'il était en effet très « changé », parce qu'il était très souffrant, et la maladie produit dans le visage des modifications aussi profondes que se mettre à porter la barbe ou changer sa raie de place. (La maladie de Swann était celle qui avait emporté sa mère et dont elle avait été atteinte précisément à l'âge qu'il avait. Nos existences sont en réalité, par l'hérédité, aussi pleines de chiffres cabalistiques, de sorts jetés, que s'il y avait vraiment des sorcières. Et comme il y a une certaine durée de la vie pour l'humanité en général, il y en a une pour les familles en particulier, c'est-à-dire, dans les familles, pour les membres qui se ressemblent.) Swann était habillé avec une élégance qui, comme celle de sa femme, associait à ce qu'il était ce qu'il avait été. Serré dans une redingote gris perle, qui faisait valoir sa haute taille, svelte, ganté de gants blancs rayés de noir, il portait un tube gris d'une forme évasée que Delion ne faisait plus que pour lui, pour le prince de Sagan, pour M. de Charlus, pour le marquis de Modène, pour M. Charles Haas et pour le comte Louis de Turenne. Je fus surpris du charmant sourire et de l'affectueuse poignée de main avec lesquels il répondit à mon salut, car je croyais qu'après si longtemps il ne m'aurait pas reconnu tout de suite ; je lui dis mon étonnement ; il l'accueillit avec des éclats de rire, un peu d'indignation, et une nouvelle pression de la main, comme si c'était mettre en doute l'intégrité de son cerveau ou la sincérité de son affection que supposer qu'il ne me reconnaissait pas. Et c'est pourtant ce qui était ; il ne m'identifia, je l'ai su longtemps après, que quelques minutes plus tard, en entendant rappeler mon noM. Mais nul changement dans son visage, dans ses paroles, dans les choses qu'il me dit, ne trahit la découverte qu'une parole de M. de Guermantes lui fit faire, tant il avait de maîtrise et de sûreté dans le jeu de la vie mondaine. Il y apportait d'ailleurs cette spontanéité dans les manières et ces initiatives personnelles, même en matière d'habillement, qui caractérisaient le genre des Guermantes. C'est ainsi que le salut que m'avait fait, sans me reconnaître, le vieux clubman n'était pas le salut froid et raide de l'homme du monde purement formaliste, mais un salut tout rempli d'une amabilité réelle, d'une grâce véritable, comme en avait la duchesse de Guermantes par exemple (allant jusqu'à vous sourire la première avant que vous l'eussiez saluée si elle vous rencontrait), par opposition aux saluts plus mécaniques, habituels aux dames du faubourg Saint-Germain. C'est ainsi encore que son chapeau, que, selon une habitude qui tendait à disparaître, il posa par terre à côté de lui, était doublé de cuir vert, ce qui ne se faisait pas d'habitude mais parce que c'était (à ce qu'il disait) beaucoup moins salissant, en réalité parce que c'était fort seyant.

« Tenez, Charles, vous qui êtes un grand connaisseur, venez voir quelque chose ; après ça, mes petits, je vais vous demander la permission de vous laisser ensemble un instant pendant que je vais passer un habit ; du reste je pense qu'Oriane ne va pas tarder. » Et il montra son « Vélasquez » à Swann. « Mais il me semble que je connais ça », fit Swann avec la grimace des gens souffrants pour qui parler est déjà une fatigue.

« Oui », dit le duc rendu sérieux par le retard que mettait le connaisseur à exprimer son admiration. « Vous l'avez probablement vu chez Gilbert.

— Ah ! en effet, je me rappelle.

— Qu'est-ce que vous croyez que c'est ?

— Eh bien, si c'était chez Gilbert, c'est probablement un de vos *ancêtres* », dit Swann avec un mélange d'ironie et de déférence envers une grandeur qu'il eût trouvé impoli et ridicule de méconnaître, mais dont il ne voulait, par bon goût, parler qu'en « se jouant ».

« Mais bien sûr, dit rudement le duc. C'est Boson, je ne sais plus quel numéro de Guermantes. Mais ça, je m'en fous. Vous savez que je ne suis pas aussi féodal que mon cousin. J'ai entendu prononcer le nom de Rigaud, de Mignard, même de Vélasquez ! » dit le duc en attachant sur Swann un regard et d'inquisiteur et de tortionnaire, pour tâcher à la fois de lire dans sa pensée et d'influencer sa réponse. « Enfin, conclut-il (car, quand on l'amenait à provoquer artificiellement une opinion qu'il désirait, il avait la faculté, au bout de quelques instants, de croire qu'elle avait été spontanément émise), voyons, pas de flatterie. Croyez-vous que ce soit d'un des grands pontifes que je viens de dire ?

— Nnnnon, dit Swann.

— Mais alors, enfin moi je n'y connais rien, ce n'est pas à moi de décider de qui est ce croûton-là. Mais vous, un dilettante, un maître en la matière, à qui l'attribuez-vous ? »

Swann hésita un instant devant cette toile que visiblement il trouvait affreuse : « À la malveillance ! » répondit-il en riant au duc, lequel ne put laisser échapper un mouvement de rage. Quand elle fut calmée : « Vous êtes bien gentils tous les deux, attendez Oriane un instant, je vais mettre ma queue de morue et je reviens. Je vais faire dire à ma bourgeoise que vous l'attendez tous les deux. »

Je causai un instant avec Swann de l'affaire Dreyfus et je lui demandai comment il se faisait que tous les Guermantes fussent antidreyfusards. « D'abord parce que au fond tous ces gens-là sont antisémites », répondit Swann qui savait bien pourtant par expérience que certains ne l'étaient pas mais qui, comme tous les gens qui ont une opinion ardente, aimait mieux, pour expliquer que certaines personnes ne la partageassent pas, leur supposer une raison préconçue, un préjugé contre lequel il n'y avait rien à faire, plutôt que des raisons qui se laisseraient discuter. D'ailleurs, arrivé au terme prématuré de sa vie, comme une bête fatiguée qu'on harcèle, il exécrait ces persécutions et rentrait au bercail religieux de ses pères.

« Pour le prince de Guermantes, dis-je, il est vrai, on m'avait dit qu'il était antisémite.

— Oh ! celui-là, je n'en parle même pas. C'est au point que, quand il était officier, ayant une rage de dents épouvantable, il a préféré rester à souffrir plutôt que de consulter le seul dentiste de la région qui était juif, et que plus tard il a laissé brûler une aile de son château où le feu avait pris, parce qu'il aurait fallu demander des pompes au château voisin qui est aux Rothschild.

— Est-ce que vous allez par hasard ce soir chez lui ?

— Oui, me répondit-il, quoique je me trouve bien fatigué. Mais il m'a envoyé un pneumatique pour me prévenir qu'il avait quelque chose à me dire. Je sens que je serai trop souffrant ces jours-ci pour y aller ou pour le recevoir, cela m'agitera, j'aime mieux être débarrassé tout de suite de cela.

— Mais le duc de Guermantes n'est pas antisémite.

— Vous voyez bien que si, puisqu'il est antidreyfusard », me répondit Swann, sans s'apercevoir qu'il faisait une pétition de principe. « Cela n'empêche pas que je suis peiné d'avoir déçu cet homme – que dis-je ! ce duc – en n'admirant pas son prétendu Mignard, je ne sais quoi.

— Mais enfin, repris-je en revenant à l'affaire Dreyfus, la duchesse, elle, est intelligente.

— Oui, elle est charmante. À mon avis, du reste, elle l'a été encore davantage quand elle s'appelait encore la princesse des Laumes. Son esprit a pris quelque chose de plus anguleux, tout cela était plus tendre dans la grande dame juvénile. Mais enfin, plus ou moins jeunes, hommes ou femmes, qu'est-ce que vous voulez, tous ces gens-là sont d'une autre race, on n'a pas impunément mille ans de féodalité dans le sang. Naturellement ils croient que cela n'est pour rien dans leur opinion.

— Mais Robert de Saint-Loup pourtant est dreyfusard ?

— Ah ! tant mieux, d'autant plus que vous savez que sa mère est très contre. On m'avait dit qu'il l'était, mais je n'en étais pas sûr. Cela me fait grand plaisir. Cela ne m'étonne pas, il est très intelligent. C'est beaucoup, cela. »

Le dreyfusisme avait rendu Swann d'une naïveté extraordinaire et donné à sa façon de voir une impulsion, un déraillement plus notables encore que n'avait fait autrefois son mariage avec Odette ; ce nouveau déclassement eût été mieux appelé reclassement et n'était qu'honorable pour lui, puisqu'il le faisait rentrer dans la voie par laquelle étaient venus les siens et d'où l'avaient dévié ses fréquentations aristocratiques. Mais Swann, précisément au moment même où, si lucide, il lui était donné, grâce aux données héritées de son ascendance, de voir une vérité encore cachée aux gens du monde, se montrait pourtant d'un aveuglement comique. Il remettait toutes ses admirations et tous ses dédains à l'épreuve d'un critérium nouveau, le dreyfusisme. Que l'antidreyfusisme de Mme Bontemps la lui fît trouver bête n'était pas plus étonnant que, quand il s'était marié, il l'eût trouvée intelligente. Il n'était pas bien grave non plus que la vague nouvelle atteignît aussi en lui les jugements politiques et lui fît perdre le souvenir d'avoir traité d'homme d'argent, d'espion de l'Angleterre (c'était une absurdité du milieu Guermantes) Clemenceau, qu'il déclarait maintenant avoir tenu toujours pour une conscience, un homme de fer, comme Cornély. « Non, je ne vous ai jamais dit autrement. Vous confondez. » Mais, dépassant les jugements politiques, la vague renversait chez Swann les jugements littéraires et jusqu'à la façon de les exprimer. Barrès avait perdu tout talent, et même ses ouvrages de jeunesse étaient faiblards, pouvaient à peine se relire. « Essayez, vous ne pourrez pas aller jusqu'au bout. Quelle différence avec Clemenceau ! Personnellement je ne suis pas anticlérical, mais comme, à côté de lui, on se rend compte que Barrès n'a pas d'os ! C'est un très grand bonhomme que le père Clemenceau. Comme il sait sa langue ! » D'ailleurs les antidreyfusards n'auraient pas été en droit de critiquer ces folies. Ils expliquaient qu'on fût dreyfusiste parce qu'on était d'origine juive. Si un catholique pratiquant comme Saniette tenait aussi pour la révision, c'était qu'il était chambré par Mme Verdurin, laquelle agissait en farouche radicale. Elle était avant tout contre les « calotins ». Saniette était plus bête que méchant et ne savait pas le tort que la Patronne lui faisait. Que si l'on objectait que Brichot était tout aussi ami de Mme Verdurin et était membre de la « Patrie française », c'est qu'il était plus intelligent.

« Vous le voyez quelquefois ? dis-je à Swann en parlant de Saint-Loup.

— Non, jamais. Il m'a écrit l'autre jour pour que je demande au duc de Mouchy et à quelques autres de voter pour lui au Jockey, où il a du reste passé comme une lettre à la poste.

— Malgré l'Affaire !

— On n'a pas soulevé la question. Du reste je vous dirai que, depuis tout ça, je ne mets plus les pieds dans cet endroit. »

M. de Guermantes rentra, et bientôt sa femme, toute prête, haute et superbe dans une robe de satin rouge dont la jupe était bordée de paillettes. Elle avait dans les cheveux une grande plume d'autruche teinte de pourpre et sur les épaules une écharpe de tulle du même rouge. « Comme c'est bien de faire doubler son chapeau de vert, dit la duchesse à qui rien n'échappait. D'ailleurs, en vous, Charles, tout est joli, aussi bien ce que vous portez que ce que vous dites, ce que vous lisez et ce que vous faites. » Swann, cependant, sans avoir l'air d'entendre, considérait la duchesse comme il eût fait d'une toile de maître et chercha ensuite son regard en faisant avec la bouche la moue qui veut dire : « Bigre ! » Mme de Guermantes éclata de rire. « Ma toilette vous plaît, je suis ravie. Mais je dois dire qu'elle ne me plaît pas beaucoup, continua-t-elle d'un air maussade. Mon Dieu, que c'est ennuyeux de s'habiller, de sortir quand on aimerait tant rester chez soi !

— Quels magnifiques rubis !

— Ah ! mon petit Charles, au moins on voit que vous vous y connaissez, vous n'êtes pas comme cette brute de Monserfeuil qui me demandait s'ils étaient vrais. Je dois dire que je n'en ai jamais vu d'aussi beaux. C'est un cadeau de la grande-duchesse.

Pour mon goût ils sont un peu gros, un peu verre à bordeaux plein jusqu'aux bords, mais je les ai mis parce que nous verrons ce soir la grande-duchesse chez Marie-Gilbert », ajouta Mme de Guermantes sans se douter que cette affirmation détruisait celles du duc.

« Qu'est-ce qu'il y a chez la princesse ? demanda Swann.

— Presque rien », se hâta de répondre le duc à qui la question de Swann avait fait croire qu'il n'était pas invité.

« Mais comment, Basin ? C'est-à-dire que tout le ban et l'arrière-ban sont convoqués. Ce sera une tuerie, à s'assommer. Ce qui sera joli, ajouta-t-elle en regardant Swann d'un air délicat, si l'orage qu'il y a dans l'air n'éclate pas, ce sont ces merveilleux jardins. Vous les connaissez. J'ai été là-bas, il y a un mois, au moment où les lilas étaient en fleur, on ne peut pas se faire une idée de ce que ça pouvait être beau. Et puis le jet d'eau, enfin, c'est vraiment Versailles dans Paris.

— Quel genre de femme est la princesse ? demandai-je.

— Mais vous savez déjà, puisque vous l'avez vue ici, qu'elle est belle comme le jour, qu'elle est aussi un peu idiote, très gentille malgré toute sa hauteur germanique, pleine de cœur et de gaffes. »

Swann était trop fin pour ne pas voir que Mme de Guermantes cherchait en ce moment à « faire de l'esprit Guermantes » et sans grands frais, car elle ne faisait que resservir sous une forme moins parfaite d'anciens mots d'elle. Néanmoins, pour prouver à la duchesse qu'il comprenait son intention d'être drôle et comme si elle l'avait réellement été, il sourit d'un air un peu forcé, me causant, par ce genre particulier d'insincérité, la même gêne que j'avais autrefois à entendre mes parents parler avec M. Vinteuil de la corruption de certains milieux (alors qu'ils savaient très bien qu'était plus grande celle qui régnait à Montjouvain) ou Legrandin nuancer son débit pour des sots, choisir des épithètes délicates qu'il savait parfaitement ne pouvoir être comprises d'un public riche ou chic, mais illettré.

« Voyons Oriane, qu'est-ce que vous dites, dit M. de Guermantes. Marie bête ? Elle a tout lu, elle est musicienne comme le violon.

— Mais, mon pauvre petit Basin, vous êtes un enfant qui vient de naître. Comme si on ne pouvait pas être tout ça et un peu idiote ! Idiote est du reste exagéré, non elle est nébuleuse, elle est Hesse-Darmstadt, Saint-Empire et gnan-gnan. Rien que sa prononciation m'énerve. Mais je reconnais, du reste, que c'est une charmante loufoque. D'abord cette seule idée d'être descendue de son trône allemand pour venir épouser bien bourgeoisement un simple particulier. Il est vrai qu'elle l'a choisi ! Ah ! mais c'est vrai, dit-elle en se tournant vers moi, vous ne connaissez pas Gilbert ! Je vais vous en donner une idée : il a autrefois pris le lit parce que j'avais mis une carte à Mme Carnot... Mais, mon petit Charles », dit la duchesse pour changer de conversation, voyant que l'histoire de sa carte à Mme Carnot paraissait courroucer M. de Guermantes, « vous savez que vous n'avez pas envoyé la photographie de nos chevaliers de Rhodes, que j'aime par vous et avec qui j'ai si envie de faire connaissance. »

Le duc, cependant, n'avait pas cessé de regarder sa femme fixement : « Oriane, il faudrait au moins raconter la vérité et ne pas en manger la moitié. Il faut dire, rectifia-t-il en s'adressant à Swann, que l'ambassadrice d'Angleterre de ce moment-là, qui était une très bonne femme, mais qui vivait un peu dans la lune et qui était coutumière de ce genre d'impairs, avait eu l'idée assez baroque de nous inviter avec le président et sa femme. Nous avons été, même Oriane, assez surpris, d'autant plus que l'ambassadrice connaissait assez les mêmes personnes que nous pour ne pas nous inviter justement à une réunion aussi étrange. Il y avait un ministre qui a volé, enfin je passe l'éponge, nous n'avions pas été prévenus, nous étions pris au piège, et il faut du reste reconnaître que tous ces gens ont été fort polis. Seulement c'était déjà bien comme ça. Mme de Guermantes, qui ne me fait pas souvent l'honneur de me consulter, a cru devoir aller mettre une carte dans la semaine à l'Élysée. Gilbert a peut-être été un peu loin en voyant là comme une tache sur notre noM. Mais il ne faut pas oublier que, politique mise à part, M. Carnot, qui tenait du reste très convenablement sa place, était le petit-fils d'un membre du tribunal révolutionnaire qui a fait périr en un jour onze des nôtres.

— Alors, Basin, pourquoi alliez-vous dîner toutes les semaines à Chantilly ? Le duc d'Aumale n'était pas moins petit-fils d'un membre du tribunal révolutionnaire, avec cette différence que Carnot était un brave homme et Philippe-Égalité une affreuse canaille.

— Je m'excuse d'interrompre pour vous dire que j'ai envoyé la photographie, dit Swann. Je ne comprends pas qu'on ne vous l'ait pas donnée.

— Ça ne m'étonne qu'à moitié, dit la duchesse. Mes domestiques ne me disent que ce qu'ils jugent à propos. Ils n'aiment probablement pas l'Ordre de Saint-Jean. » Et elle sonna.

« Vous savez, Oriane, que quand j'allais dîner à Chantilly, c'était sans enthousiasme.

— Sans enthousiasme, mais avec chemise de nuit pour si le prince vous demandait de rester à coucher, ce qu'il faisait d'ailleurs rarement, en parfait mufle qu'il était, comme tous les Orléans. Savez-vous avec qui nous dînons chez Mme de Saint-Euverte ? demanda Mme de Guermantes à son mari.

— En dehors des convives que vous savez, il y aura, invité de la dernière heure, le frère du roi Théodose. »

À cette nouvelle les traits de la duchesse respirèrent le contentement et ses paroles l'ennui. « Ah ! mon Dieu, encore des princes.

— Mais celui-là est gentil et intelligent, dit Swann.

— Mais tout de même pas complètement », répondit la duchesse en ayant l'air de chercher ses mots pour donner plus de nouveauté à sa pensée. « Avez-vous remarqué, parmi les princes, que les plus gentils ne le sont pas tout à fait ? Mais si, je vous assure ! Il faut toujours qu'ils aient une opinion sur tout. Alors comme ils n'en ont aucune, ils passent la première partie de leur vie à nous demander les nôtres, et la seconde à nous les resservir. Il faut absolument qu'ils disent que ceci a été bien joué, que cela a été moins bien joué. Il n'y a aucune différence. Tenez, ce petit Théodose Cadet (je ne me rappelle pas son nom) m'a demandé comment ça s'appelait, un motif d'orchestre. Je lui ai répondu, dit la duchesse les yeux brillants et en éclatant de rire de ses belles lèvres rouges : "Ça s'appelle un motif d'orchestre." Hé bien ! dans le fond, il n'était pas content. Ah ! mon petit Charles, reprit Mme de Guermantes d'un air languissant, ce que ça peut être ennuyeux de dîner en ville ! Il y a des soirs où on aimerait mieux mourir ! Il est vrai que de mourir c'est peut-être tout aussi ennuyeux, puisqu'on ne sait pas ce que c'est. »

Un laquais parut. C'était le jeune fiancé qui avait eu des raisons avec le concierge, jusqu'à ce que la duchesse, dans sa bonté, eût mis entre eux une paix apparente.

« Est-ce que je devrai prendre ce soir des nouvelles de M. le marquis d'Osmond ? demanda-t-il.

— Mais jamais de la vie, rien avant demain matin ! Je ne veux même pas que vous restiez ici ce soir. Son valet de pied, que vous connaissez, n'aurait qu'à venir vous donner des nouvelles et vous dire d'aller nous chercher. Sortez, allez où vous voudrez, faites la noce, découchez, mais je ne veux pas de vous ici avant demain matin. »

Une joie immense déborda du visage du valet de pied. Il allait enfin pouvoir passer de longues heures avec sa promise qu'il ne pouvait quasiment plus voir depuis qu'à la suite d'une nouvelle scène avec le concierge, la duchesse lui avait gentiment expliqué qu'il valait mieux ne plus sortir pour éviter de nouveaux conflits. Il nageait, à la pensée d'avoir enfin sa soirée libre, dans un bonheur que la duchesse remarqua et comprit. Elle éprouva comme un serrement de cœur et une démangeaison de tous les membres à la vue de ce bonheur qu'on prenait à son insu, en se cachant d'elle, duquel elle était irritée et jalouse. « Non, Basin, qu'il reste ici, qu'il ne bouge pas de la maison, au contraire.

— Mais, Oriane, c'est absurde, tout votre monde est là, vous aurez en plus à minuit l'habilleuse et le costumier pour notre redoute.

Il ne peut servir à rien du tout, et comme seul il est ami avec le valet de pied de Mama, j'aime mille fois mieux l'expédier loin d'ici.

— Écoutez, Basin, laissez-moi, j'aurai justement quelque chose à lui faire dire dans la soirée, je ne sais au juste à quelle heure. Ne bougez surtout pas d'ici d'une minute », dit-elle au valet de pied désespéré.

S'il y avait tout le temps des querelles et si on restait peu chez la duchesse, la personne à qui il fallait attribuer cette guerre constante était bien inamovible, mais ce n'était pas le concierge. Sans doute pour le gros ouvrage, pour les martyres plus fatigants à infliger, pour les querelles qui finissent par les coups, la duchesse lui en confiait les lourds instruments ; d'ailleurs jouait-il son rôle sans soupçonner qu'on le lui eût confié. Comme les domestiques, il admirait la bonté de la duchesse ; et les valets de pied peu clairvoyants venaient, après leur départ, revoir souvent Françoise en disant que la maison du duc aurait été la meilleure place de Paris s'il n'y avait pas eu la loge. La duchesse jouait de la loge comme on joua longtemps du cléricalisme, de la franc-maçonnerie, du péril juif, etc. Un valet de pied entra.

« Pourquoi ne m'a-t-on pas monté le paquet que M. Swann a fait porter ? Mais à ce propos (vous savez que Mama est très malade, Charles), Jules, qui était allé prendre des nouvelles de M. le marquis d'Osmond, est-il revenu ?

— Il arrive à l'instant, M. le duc. On s'attend d'un moment à l'autre à ce que M. le marquis ne passe.

— Ah ! il est vivant, s'écria le duc avec un soupir de soulagement. On s'attend, on s'attend ! Satan vous-même. Tant qu'il y a de la vie il y a de l'espoir, nous dit le duc d'un air joyeux. On me le peignait déjà comme mort et enterré. Dans huit jours il sera plus gaillard que moi.

— Ce sont les médecins qui ont dit qu'il ne passerait pas la soirée. L'un voulait revenir dans la nuit. Leur chef a dit que c'était inutile. M. le marquis devrait être mort ; il n'a survécu que grâce à des lavements d'huile camphrée.

— Taisez-vous, espèce d'idiot, cria le duc au comble de la colère. Qu'est-ce qui vous demande tout ça ? Vous n'avez rien compris à ce qu'on vous a dit.

— Ce n'est pas à moi, c'est à Jules.

— Allez-vous vous taire ? hurla le duc, et se tournant vers Swann : Quel bonheur qu'il soit vivant ! Il va reprendre des forces peu à peu. Il est vivant après une crise pareille. C'est déjà une excellente chose. On ne peut pas tout demander à la fois. Ça ne doit pas être désagréable, un petit lavement d'huile camphrée, dit le duc, se frottant les mains. Il est vivant, qu'est-ce qu'on veut de plus ? Après avoir passé par où il a passé, c'est déjà bien beau. Il est même à envier d'avoir un tempérament pareil. Ah ! les malades, on a pour eux des petits soins qu'on ne prend pas pour nous. Il y a ce matin un bougre de cuisinier qui m'a fait un gigot à la sauce béarnaise, réussie à merveille, je le reconnais, mais justement à cause de cela, j'en ai tant pris que je l'ai encore sur l'estomac. Cela n'empêche qu'on ne viendra pas prendre de mes nouvelles comme de mon cher Amanien. On en prend même trop. Cela le fatigue. Il faut le laisser souffler.

On le tue, cet homme, en envoyant tout le temps chez lui.

— Hé bien ! dit la duchesse au valet de pied qui se retirait, j'avais demandé qu'on montât la photographie enveloppée que m'a envoyée M. Swann.

— Madame la duchesse, c'est si grand que je ne savais pas si ça passerait dans la porte. Nous l'avons laissé dans le vestibule. Est-ce que Madame la duchesse veut que je le monte ?

— Hé bien ! non, on aurait dû me le dire, mais si c'est si grand, je le verrai tout à l'heure en descendant.

— J'ai aussi oublié de dire à Madame la duchesse que Mme la comtesse Molé avait laissé ce matin une carte pour Madame la duchesse.

— Comment, ce matin ? » dit la duchesse d'un air mécontent et trouvant qu'une si jeune femme ne pouvait pas se permettre de laisser des cartes le matin.

« Vers dix heures, Madame la duchesse.

— Montrez-moi ces cartes.

— En tout cas, Oriane, quand vous dites que Marie a eu une drôle d'idée d'épouser Gilbert, reprit le duc qui revenait à sa conversation première, c'est vous qui avez une singulière façon d'écrire l'histoire. Si quelqu'un a été bête dans ce mariage, c'est Gilbert d'avoir justement épousé une si proche parente du roi des Belges, qui a usurpé le nom de Brabant qui est à nous. En un mot, nous sommes du même sang que les Hesse, et de la branche aînée. C'est toujours stupide de parler de soi, dit-il en s'adressant à moi, mais enfin quand nous sommes allés non seulement à Darmstadt, mais même à Cassel et dans toute la Hesse électorale, les landgraves ont toujours tous aimablement affecté de nous céder le pas et la première place, comme étant de la branche aînée.

— Mais enfin, Basin, vous ne me raconterez pas que cette personne qui était major de tous les régiments de son pays, qu'on fiançait au roi de Suède...

— Oh ! Oriane, c'est trop fort, on dirait que vous ne savez pas que le grand-père du roi de Suède cultivait la terre à Pau, quand depuis neuf cents ans nous tenions le haut du pavé dans toute l'Europe.

— Ça n'empêche pas que si on disait dans la rue : "Tiens, voilà le roi de Suède", tout le monde courrait pour le voir jusque sur la place de la Concorde, et si on dit : "Voilà M. de Guermantes", personne ne sait qui c'est.

— En voilà une raison !

— Du reste, je ne peux pas comprendre comment, du moment que le titre de duc de Brabant est passé dans la famille royale de Belgique, vous pouvez y prétendre. »

Le valet de pied rentra avec la carte de la comtesse Molé, ou plutôt avec ce qu'elle avait laissé comme carte. Alléguant qu'elle n'en avait pas sur elle, elle avait tiré de sa poche une lettre qu'elle avait reçue, et, gardant le contenu, avait corné l'enveloppe qui portait le nom : « La comtesse Molé ». Comme l'enveloppe était assez grande, selon le format du papier à lettres qui était à la mode cette année-là, cette « carte », écrite à la main, se trouvait avoir presque deux fois la dimension d'une carte de visite ordinaire.

« C'est ce qu'on appelle la simplicité de Mme Molé, dit la duchesse avec ironie. Elle veut nous faire croire qu'elle n'avait pas de cartes et montrer son originalité. Mais nous connaissons tout ça, n'est-ce pas, mon petit Charles, nous sommes un peu trop vieux et assez originaux nous-mêmes pour apprendre l'esprit d'une petite dame qui sort depuis quatre ans. Elle est charmante, mais elle ne me semble pas avoir tout de même un volume suffisant pour s'imaginer qu'elle peut étonner le monde à si peu de frais que de laisser une enveloppe comme carte et de la laisser à dix heures du matin. Sa vieille mère souris lui montrera qu'elle en sait autant qu'elle sur ce chapitre-là. »

Swann ne put s'empêcher de rire en pensant que la duchesse, qui était du reste un peu jalouse du succès de Mme Molé, trouverait bien dans « l'esprit des Guermantes » quelque réponse impertinente à l'égard de la visiteuse.

« Pour ce qui est du titre de duc de Brabant, je vous ai dit cent fois, Oriane... », reprit le duc, à qui la duchesse coupa la parole, sans écouter.

« Mais mon petit Charles, je m'ennuie après votre photographie.

— Ah ! *extinctor draconis latrator Anubis*, dit Swann.

— Oui, c'est si joli ce que vous m'avez dit là-dessus en comparaison du Saint-Georges de Venise. Mais je ne comprends pas pourquoi *Anubis*.

— Comment est celui qui est ancêtre de Babal ? demanda M. de Guermantes.

— Vous voudriez voir sa baballe », dit Mme de Guermantes d'un air sec pour montrer qu'elle méprisait elle-même ce calembour. « Je voudrais les voir tous, ajouta-t-elle.

— Écoutez, Charles, descendons en attendant que la voiture soit avancée, dit le duc, vous nous ferez votre visite dans le vestibule, parce que ma femme ne nous fichera pas la paix tant qu'elle n'aura pas vu votre photographie. Je suis moins impatient à vrai dire, ajouta-t-il d'un air de satisfaction. Je suis un homme calme, moi, mais elle nous ferait plutôt mourir.

— Je suis tout à fait de votre avis, Basin, dit la duchesse, allons dans le vestibule, nous savons au moins pourquoi nous descendons de votre cabinet, tandis que nous ne saurons jamais pourquoi nous descendons des comtes de Brabant.

— Je vous ai répété cent fois comment le titre était entré dans la maison de Hesse, dit le duc (pendant que nous allions voir la photographie et que je pensais à celles que Swann me rapportait à Combray), par le mariage d'un Brabant, en 1241, avec la fille du dernier landgrave de Thuringe et de Hesse, de sorte que c'est même plutôt le titre de prince de Hesse qui est entré dans la maison de Brabant, que celui de duc de Brabant dans la maison de Hesse. Vous vous rappelez du reste que notre cri de guerre était celui des ducs de Brabant : "Limbourg à qui l'a conquis" jusqu'à ce que nous ayons échangé les armes des Brabant contre celles des Guermantes, en quoi je trouve du reste que nous avons eu tort, et l'exemple des Gramont n'est pas pour me faire changer d'avis.

— Mais, répondit Mme de Guermantes, comme c'est le roi des Belges qui l'a conquis... Du reste, l'héritier de Belgique s'appelle le duc de Brabant.

— Mais, mon petit, ce que vous dites ne tient pas debout et pèche par la base. Vous savez aussi bien que moi qu'il y a des titres de prétention qui subsistent parfaitement si le territoire est occupé par un usurpateur. Par exemple, le roi d'Espagne se qualifie précisément de duc de Brabant, invoquant par-là une possession moins ancienne que la nôtre, mais plus ancienne que celle du roi des Belges. Il se dit aussi duc de Bourgogne, roi des Indes occidentales et orientales, duc de Milan. Or, il ne possède pas plus la Bourgogne, les Indes, ni le Brabant, que je ne possède moi-même ce dernier, ni que ne le possède le prince de Hesse. Le roi d'Espagne ne se proclame pas moins roi de Jérusalem, l'empereur d'Autriche également, et ils ne possèdent Jérusalem ni l'un ni l'autre. »

Il s'arrêta un instant, gêné que le nom de Jérusalem ait pu embarrasser Swann, à cause des « affaires en cours », mais n'en continua que plus vite :

« Ce que vous dites là, vous pouvez le dire de tout. Nous avons été ducs d'Aumale, duché qui a passé aussi régulièrement dans la maison de France que Joinville et que Chevreuse dans la maison d'Albert. Nous n'élevons pas plus de revendications sur ces titres que sur celui de marquis de Noirmoutiers, qui fut nôtre et qui devint fort régulièrement l'apanage de la maison de La Trémoïlle, mais de ce que certaines cessions sont valables, il ne s'ensuit pas qu'elles le soient toutes. Par exemple, dit-il en se tournant vers moi, le fils de ma belle-sœur porte le titre de prince d'Agrigente, qui nous vient de Jeanne la Folle, comme aux La Trémoïlle celui de prince de Tarente. Or, Napoléon a donné ce titre de Tarente à un soldat qui pouvait d'ailleurs être un fort bon troupier, mais en cela l'Empereur a disposé de ce qui lui appartenait encore moins que Napoléon III en faisant un duc de Montmorency, puisque Périgord avait au moins pour mère une Montmorency, tandis que le Tarente de Napoléon Ier n'avait de Tarente que la volonté de Napoléon qu'il le fût. Cela n'a pas empêché Chaix d'Est-Ange faisant allusion à votre oncle Condé, de demander au procureur impérial s'il avait été ramasser le titre de duc de Montmorency dans les fossés de Vincennes.

— Écoutez, Basin, je ne demande pas mieux que de vous suivre dans les fossés de Vincennes, et même à Tarente. Et à ce propos, mon petit Charles, c'est justement ce que je voulais vous dire pendant que vous me parliez de votre Saint-Georges de Venise, c'est que nous avons l'intention, Basin et moi, de passer le printemps prochain en Italie et en Sicile. Si vous veniez avec nous, pensez ce que ce serait différent ! Je ne parle pas seulement de la joie de vous voir, mais imaginez-vous, avec tout ce que vous m'avez souvent raconté sur les souvenirs de la conquête normande et les souvenirs antiques, imaginez-vous ce qu'un voyage comme ça deviendrait, fait avec vous ! C'est-à-dire que même Basin, que dis-je, Gilbert ! en profiteraient, parce que je sens que jusqu'aux prétentions à la couronne de Naples et toutes ces machines-là m'intéresseraient, si c'était expliqué par vous dans de vieilles églises romanes ou dans des petits villages perchés comme dans les tableaux de primitifs. Mais nous allons regarder votre photographie.

Défaites l'enveloppe, dit la duchesse à un valet de pied.

— Mais, Oriane, pas ce soir ! vous regarderez cela demain », implora le duc qui m'avait déjà adressé des signes d'épouvante en voyant l'immensité de la photographie.

« Mais ça m'amuse de voir cela avec Charles », dit la duchesse avec un sourire à la fois facticement concupiscent et finement psychologique, car, dans son désir d'être aimable pour Swann, elle parlait du plaisir qu'elle aurait à regarder cette photographie comme de celui qu'un malade sent qu'il aurait à manger une orange, ou comme si elle avait à la fois combiné une escapade avec des amis et renseigné un biographe sur des goûts flatteurs pour elle.

« Hé bien, il viendra vous voir exprès, déclara le duc, à qui sa femme dut céder. Vous passerez trois heures ensemble devant, si ça vous amuse, dit-il ironiquement. Mais où allez-vous mettre un joujou de cette dimension-là ?

— Mais dans ma chambre, je veux l'avoir sous les yeux.

— Ah ! tant que vous voudrez, si elle est dans votre chambre, j'ai chance de ne la voir jamais », dit le duc, sans penser à la révélation qu'il faisait aussi étourdiment sur le caractère négatif de ses rapports conjugaux.

« Hé bien, vous déferez cela bien soigneusement, ordonna Mme de Guermantes au domestique (elle multipliait les recommandations par amabilité pour Swann). Vous n'abîmerez pas non plus l'enveloppe !

— Il faut même que nous respections l'enveloppe ! me dit le duc à l'oreille en levant les bras au ciel. Mais, Swann, ajouta-t-il, moi qui ne suis qu'un pauvre mari bien prosaïque, ce que j'admire là-dedans c'est que vous ayez pu trouver une enveloppe d'une dimension pareille. Où avez-vous déniché cela ?

— C'est la maison de photogravures qui fait souvent ce genre d'expéditions. Mais c'est un mufle, car je vois qu'il a écrit dessus : "La duchesse de Guermantes" sans "Madame".

— Je lui pardonne », dit distraitement la duchesse, qui, tout d'un coup paraissant frappée d'une idée qui l'égaya, réprima un léger sourire, mais revenant vite à Swann : « Hé bien ! vous ne dites pas si vous viendrez en Italie avec nous ?

— Madame, je crois bien que ce ne sera pas possible.

— Hé bien, Mme de Montmorency a plus de chance. Vous avez été avec elle à Venise et à Vicence. Elle m'a dit qu'avec vous on voyait des choses qu'on ne verrait jamais sans ça, dont personne n'a jamais parlé, que vous lui avez montré des choses inouïes, et, même dans les choses connues, qu'elle a pu comprendre des détails devant qui, sans vous, elle aurait passé vingt fois sans jamais les remarquer. Décidément elle a été plus favorisée que nous... Vous prendrez l'immense enveloppe des photographies de M. Swann, dit-elle au domestique, et vous irez la déposer, cornée de ma part, ce soir à dix heures et demie, chez Mme la comtesse Molé. »

Swann éclata de rire.

« Je voudrais tout de même savoir, lui demanda Mme de Guermantes, comment, dix mois d'avance, vous pouvez savoir que ce sera impossible.

— Ma chère duchesse, je vous le dirai si vous y tenez, mais d'abord vous voyez que je suis très souffrant.

— Oui, mon petit Charles, je trouve que vous n'avez pas bonne mine du tout, je ne suis pas contente de votre teint, mais je ne vous demande pas cela pour dans huit jours, je vous demande cela pour dans dix mois. En dix mois on a le temps de se soigner, vous savez. »

À ce moment un valet de pied vint annoncer que la voiture était avancée. « Allons, Oriane, à cheval », dit le duc qui piaffait déjà d'impatience depuis un moment, comme s'il avait été lui-même un des chevaux qui attendaient.

« Hé bien, en un mot la raison qui vous empêchera de venir en Italie ? » questionna la duchesse en se levant pour prendre congé de nous.

« Mais, ma chère amie, c'est que je serai mort depuis plusieurs mois. D'après les médecins, que j'ai consultés, à la fin de l'année le mal que j'ai, et qui peut du reste m'emporter tout de suite, ne me laissera pas en tous les cas plus de trois ou quatre mois à vivre, et encore c'est un grand maximum », répondit Swann en souriant, tandis que le valet de pied ouvrait la porte vitrée du vestibule pour laisser passer la duchesse.

« Qu'est-ce que vous me dites là ? » s'écria la duchesse en s'arrêtant une seconde dans sa marche vers la voiture et en levant ses beaux yeux bleus et mélancoliques, mais pleins d'incertitude. Placée pour la première fois de sa vie entre deux devoirs aussi différents que monter dans sa voiture pour aller dîner en ville, et témoigner de la pitié à un homme qui va mourir, elle ne voyait rien dans le code des convenances qui lui indiquât la jurisprudence à suivre et, ne sachant auquel donner la préférence, elle crut devoir faire semblant de ne pas croire que la seconde alternative eût à se poser, de façon à obéir à la première qui demandait en ce moment moins d'efforts, et pensa que la meilleure manière de résoudre le conflit était de le nier. « Vous voulez plaisanter ? » dit-elle à Swann.

« Ce serait une plaisanterie d'un goût charmant, répondit ironiquement Swann. Je ne sais pas pourquoi je vous dis cela, je ne vous avais pas parlé de ma maladie jusqu'ici. Mais comme vous me l'avez demandé et que maintenant je peux mourir d'un jour à l'autre... Mais surtout je ne veux pas que vous vous retardiez, vous dînez en ville », ajouta-t-il parce qu'il savait que, pour les autres, leurs propres obligations mondaines priment la mort d'un ami, et qu'il se mettait à leur place, grâce à sa politesse. Mais celle de la duchesse lui permettait aussi d'apercevoir confusément que le dîner où elle allait devait moins compter pour Swann que sa propre mort. Aussi, tout en continuant son chemin vers la voiture, baissa-t-elle les épaules en disant : « Ne vous occupez pas de ce dîner. Il n'a aucune importance ! » Mais ces mots mirent de mauvaise humeur le duc qui s'écria : « Voyons, Oriane, ne restez pas à bavarder comme cela et à échanger vos jérémiades avec Swann, vous savez bien pourtant que Mme de Saint-Euverte tient à ce qu'on se mette à table à huit heures tapant. Il faut savoir ce que vous voulez, voilà bien cinq minutes que vos chevaux attendent. Je vous demande pardon, Charles, dit-il en se tournant vers Swann, mais il est huit heures moins dix. Oriane est toujours en retard, il nous faut plus de cinq minutes pour aller chez la mère Saint-Euverte. »

Mme de Guermantes s'avança décidément vers la voiture et redit un dernier adieu à Swann. « Vous savez, nous reparlerons de cela, je ne crois pas un mot de ce que vous dites, mais il faut en parler ensemble. On vous aura bêtement effrayé, venez déjeuner, le jour que vous voudrez (pour Mme de Guermantes tout se résolvait toujours en déjeuners), vous me direz votre jour et votre heure », et relevant sa jupe rouge elle posa son pied sur le marchepied. Elle allait entrer en voiture, quand, voyant ce pied, le duc s'écria d'une voix terrible : « Oriane, qu'est-ce que vous alliez faire, malheureuse. Vous avez gardé vos souliers noirs ! Avec une toilette rouge ! Remontez vite mettre vos souliers rouges, ou bien, dit-il au valet de pied, dites tout de suite à la femme de chambre de Mme la duchesse de descendre des souliers rouges.

— Mais, mon ami », répondit doucement la duchesse, gênée de voir que Swann, qui sortait avec moi mais avait voulu laisser passer la voiture devant nous, avait entendu, « puisque nous sommes en retard...

— Mais non, nous avons tout le temps. Il n'est que moins dix, nous ne mettrons pas dix minutes pour aller au parc Monceau. Et puis enfin, qu'est-ce que vous voulez, il serait huit heures et demie, ils patienteront, vous ne pouvez pourtant pas aller avec une robe rouge et des souliers noirs. D'ailleurs nous ne serons pas les derniers, allez, il y a les Sassenage, vous savez qu'ils n'arrivent jamais avant neuf heures moins vingt. »

La duchesse remonta dans sa chambre.

« Hein, nous dit M. de Guermantes, les pauvres maris, on se moque bien d'eux, mais ils ont du bon tout de même. Sans moi, Oriane allait dîner en souliers noirs.

— Ce n'est pas laid, dit Swann, et j'avais remarqué les souliers noirs qui ne m'avaient nullement choqué.

— Je ne vous dis pas, répondit le duc, mais c'est plus élégant qu'ils soient de la même couleur que la robe. Et puis, soyez tranquille, elle n'aurait pas été plus tôt arrivée qu'elle s'en serait aperçue et c'est moi qui aurais été obligé de venir chercher les souliers. J'aurais dîné à neuf heures. Adieu, mes petits enfants, dit-il en nous repoussant doucement, allez-vous-en avant qu'Oriane ne redescende. Ce n'est pas qu'elle n'aime vous voir tous les deux. Au contraire, c'est qu'elle aime trop vous voir. Si elle vous trouve encore là, elle va se remettre à parler, elle est déjà très fatiguée, elle arrivera au dîner morte. Et puis je vous avouerai franchement que moi je meurs de faim. J'ai très mal déjeuné ce matin en descendant de train. Il y avait bien une sacrée sauce béarnaise, mais malgré cela, je ne serai pas fâché du tout, mais du tout, de me mettre à table. Huit heures moins cinq ! Ah ! les femmes ! Elle va nous faire mal à l'estomac à tous les deux. Elle est bien moins solide qu'on ne croit. »

Le duc n'était nullement gêné de parler des malaises de sa femme et des siens à un mourant, car les premiers, l'intéressant davantage, lui apparaissaient plus importants. Aussi fut-ce seulement par bonne éducation et gaillardise, qu'après nous avoir éconduits gentiment, il cria à la cantonade et d'une voix de stentor, de la porte, à Swann qui était déjà dans la cour :

« Et puis vous, ne vous laissez pas frapper par ces bêtises des médecins, que diable ! Ce sont des ânes. Vous vous portez comme le Pont-Neuf. Vous nous enterrerez tous ! »

Quelques phrases qui ont été dites à propos de Proust. C'était Georges de Lauris qui disait : « Au restaurant et partout où s'en trouvait l'occasion, Marcel donnait de magnifiques pourboires. Il agissait ainsi même au moindre buffet de gare où il ne devait jamais revenir. » Marcel Plante Vigne dit : « On ne le dira jamais trop, la conversation de Proust était éblouissante, ensorcelante. Il ne disait jamais "ma mère" ni "mon père", mais toujours seulement "papa" et "maman" sur un ton de petit garçon attendri. »

Proust était un homme extrêmement proche de sa mère. En réponse à un questionnaire, il déclara qu'être séparé de maman constituait sa notion du malheur. D'ailleurs, il y a une correspondance extraordinaire entre lui et sa mère ; ils s'écrivaient pratiquement tous les jours, parfois même plusieurs fois par jour. Guillaume Gallienne

9

CD 1 PLAGE 9

Malgré la difficulté qu'il y avait pour un client à aller dans des chambres de courrières, et réciproquement, je m'étais très vite lié d'une amitié très vive quoique très pure avec ces deux jeunes personnes, Mlle Marie Gineste et Mme Céleste Albaret. Nées au pied des hautes montagnes du centre de la France, au bord de ruisseaux et de torrents (l'eau passait même sous leur maison de famille où tournait un moulin et qui avait été dévastée plusieurs fois par l'inondation), elles semblaient en avoir gardé la nature. Marie Gineste était plus régulièrement rapide et saccadée, Céleste Albaret plus molle et languissante, étalée comme un lac, mais avec de terribles retours de bouillonnement où sa fureur rappelait le danger des crues et des tourbillons liquides qui entraînent tout, saccagent tout. Elles venaient souvent le matin me voir quand j'étais encore couché. Je n'ai jamais connu de personnes aussi volontairement ignorantes, qui n'avaient absolument rien appris à l'école, et dont le langage eût pourtant quelque chose de si littéraire que sans le naturel presque sauvage de leur ton, on aurait cru leurs paroles affectées. Avec une familiarité que je ne retouche pas, malgré les éloges (qui ne sont pas ici pour me louer, mais pour louer le génie étrange de Céleste) et les critiques, également faux, mais très sincères, que ces propos semblent comporter à mon égard, tandis que je trempais des croissants dans mon lait, Céleste me disait : « Oh ! petit diable noir aux cheveux de geai, ô profonde malice ! je ne sais pas à quoi pensait votre mère quand elle vous a fait, car vous avez tout d'un oiseau. Regarde, Marie, est-ce qu'on ne dirait pas qu'il se lisse ses plumes, et tourne son cou avec une souplesse ? il a l'air tout léger, on dirait qu'il est en train d'apprendre à voler. Ah ! vous avez de la chance que ceux qui vous ont créé vous aient fait naître dans le rang des riches ; qu'est-ce que vous seriez devenu, gaspilleur comme vous êtes ? Voilà qu'il jette son croissant parce qu'il a touché le lit. Allons bon, voilà qu'il répand son lait, attendez que je vous mette une serviette car vous ne sauriez pas vous y prendre, je n'ai jamais vu quelqu'un de si bête et de si maladroit que vous. » On entendait alors le bruit plus régulier de torrent de Marie Gineste qui, furieuse, faisait des réprimandes à sa sœur : « Allons, Céleste, veux-tu te taire ? Es-tu pas folle de parler à Monsieur comme cela ? » Céleste n'en faisait que sourire ; et comme je détestais qu'on m'attachât une serviette : « Mais non, Marie, regarde-le, bing ! voilà qu'il s'est dressé tout droit comme un serpent. Un vrai serpent, je te dis. » Elle prodiguait du reste les comparaisons zoologiques, car selon elle on ne savait pas quand je dormais, je voltigeais toute la nuit comme un papillon, et le jour j'étais aussi rapide que ces écureuils, « tu sais, Marie, comme on voit chez nous, si agiles que même avec les yeux on ne peut pas les suivre. — Mais, Céleste, tu sais qu'il n'aime pas avoir une serviette quand il mange. — Ce n'est pas qu'il n'aime pas ça, c'est pour bien dire qu'on ne peut pas lui changer sa volonté. C'est un seigneur et il veut montrer qu'il est un seigneur. On changera les draps dix fois s'il le faut, mais il n'aura pas cédé. Ceux d'hier avaient fait leur course, mais aujourd'hui ils viennent seulement d'être mis et déjà il faudra les changer. Ah ! j'avais raison de dire qu'il n'était pas fait pour naître parmi les pauvres. Regarde, ses cheveux se hérissent, ils se boursouflent par la colère comme les plumes des oiseaux. Pauvre *ploumissou* ! » Ici ce n'était pas seulement Marie qui protestait, mais moi, car je ne me sentais pas seigneur du tout. Mais Céleste ne croyait jamais à la sincérité de ma modestie et, me coupant la parole : « Ah ! sac à ficelles, ah ! douceur, ah ! perfidie ! rusé entre les rusés, rosse des rosses ! Ah ! Molière ! » (C'était le seul nom d'écrivain qu'elle connût, mais elle me l'appliquait, entendant par là quelqu'un qui serait capable à la fois de composer des pièces et de les jouer.) « Céleste ! » criait impérieusement Marie qui, ignorant le nom de Molière, craignait que ce ne fût une injure nouvelle. Céleste se remettait à sourire : « Tu n'as donc pas vu dans son tiroir sa photographie quand il était enfant ? Il avait voulu nous faire croire qu'on l'habillait toujours très simplement. Et là, avec sa petite canne, il n'est que fourrures et dentelles, comme jamais prince n'a eu. Mais ce n'est rien à côté de son immense majesté et de sa bonté encore plus profonde. — Alors, grondait le torrent Marie, voilà que tu fouilles dans ses tiroirs maintenant. » Pour apaiser les craintes de Marie je lui demandais ce qu'elle pensait de ce que M. Nissim Bernard faisait. « Ah ! Monsieur, c'est des choses que je n'aurais pas pu croire que ça existait : il a fallu venir ici » et, damant pour une fois le pion à Céleste par une parole plus profonde : « Ah ! voyez-vous, Monsieur, on ne peut jamais savoir ce qu'il peut y avoir dans une vie. » Pour changer le sujet, je lui parlais de celle de mon père, qui travaillait nuit et jour. « Ah ! Monsieur, ce sont des vies dont on ne garde rien pour soi, pas une minute, pas un plaisir ; tout, entièrement tout est un sacrifice pour les autres, ce sont des vies *données*... Regarde, Céleste, rien que pour poser sa main sur la couverture et prendre son croissant, quelle distinction ! il peut faire les choses les plus insignifiantes, on dirait que toute la noblesse de France, jusqu'aux Pyrénées, se déplace dans chacun de ses mouvements. »

Anéanti par ce portrait si peu véridique, je me taisais ; Céleste voyait là une ruse nouvelle : « Ah ! front qui as l'air si pur et qui caches tant de choses, joues amies et fraîches comme l'intérieur d'une amande, petites mains de satin tout pelucheux, ongles comme des griffes, etc. Tiens, Marie, regarde-le boire son lait avec un recueillement qui me donne envie de faire ma prière. Quel air sérieux ! On devrait bien tirer son portrait en ce moment. Il a tout des enfants. Est-ce de boire du lait comme eux qui vous a conservé leur teint clair ? Ah ! jeunesse ! ah ! jolie peau ! Vous ne vieillirez jamais. Vous avez de la chance, vous n'aurez jamais à lever la main sur personne car vous avez des yeux qui savent imposer leur volonté. Et puis le voilà en colère maintenant. Il se tient debout, tout droit comme une évidence. »

Françoise n'aimait pas du tout que celles qu'elle appelait les deux enjôleuses vinssent ainsi tenir conversation avec moi. Le directeur, qui faisait guetter par ses employés tout ce qui se passait, me fit même observer gravement qu'il n'était pas digne d'un client de causer avec des courrières. Moi qui trouvais les « enjôleuses » supérieures à toutes les clientes de l'hôtel, je me contentai de lui éclater de rire au nez, convaincu qu'il ne comprendrait pas mes explications. Et les deux sœurs revenaient. « Regarde, Marie, ses traits si fins. Ô miniature parfaite, plus belle que la plus précieuse qu'on verrait sous une vitrine, car il a les mouvements, et des paroles à l'écouter des jours et des nuits. »

C'est miracle qu'une dame étrangère ait pu les emmener, car sans savoir l'histoire ni la géographie, elles détestaient de confiance les Anglais, les Allemands, les Russes, les Italiens, la « vermine » des étrangers et n'aimaient, avec des exceptions, que les Français. Leur figure avait tellement gardé l'humidité de la glaise malléable de leurs rivières, que dès qu'on parlait d'un étranger qui était dans l'hôtel, pour répéter ce qu'il avait dit, Céleste et Marie appliquaient sur leurs figures sa figure, leur bouche devenait sa bouche, leurs yeux ses yeux, on aurait voulu garder ces admirables masques de théâtre. Céleste même, en faisant semblant de ne redire que ce qu'avait dit le directeur, ou tel de mes amis, insérait dans son petit récit des propos feints où étaient peints malicieusement tous les défauts de Bloch, ou du premier président, etc., sans en avoir l'air. C'était, sous la forme de compte rendu d'une simple commission dont elle s'était obligeamment chargée, un portrait inimitable. Elles ne lisaient jamais rien, pas même un journal. Un jour pourtant, elles trouvèrent sur mon lit un volume. C'étaient des poèmes admirables mais obscurs de Saint-Léger Léger. Céleste lut quelques pages et me dit : « Mais êtes-vous bien sûr que ce sont des vers, est-ce que ce ne serait pas plutôt des devinettes ? » Évidemment pour une personne qui avait appris dans son enfance une seule poésie : *Ici-bas tous les lilas meurent*, il y avait manque de transition. Je crois que leur obstination à ne rien apprendre tenait un peu à leur pays malsain. Elles étaient pourtant aussi douées qu'un poète, avec plus de modestie qu'ils n'en ont généralement. Car si Céleste avait dit quelque chose de remarquable et que, ne me souvenant pas bien, je lui demandais de me le rappeler, elle assurait avoir oublié. Elles ne liront jamais de livres, mais n'en feront jamais non plus.

Françoise fut assez impressionnée en apprenant que les deux frères de ces femmes si simples avaient épousé, l'un la nièce de l'archevêque de Tours, l'autre une parente de l'évêque de Rodez. Au directeur, cela n'eût rien dit. Céleste reprochait quelquefois à son mari de ne pas la comprendre, et moi je m'étonnais qu'il pût la supporter. Car à certains moments, frémissante, furieuse, détruisant tout, elle était détestable. On prétend que le liquide salé qu'est notre sang n'est que la survivance intérieure de l'élément marin primitif. Je crois de même que Céleste, non seulement dans ses fureurs, mais aussi dans ses heures de dépression, gardait le rythme des ruisseaux de son pays. Quand elle était épuisée, c'était à leur manière ; elle était vraiment à sec. Rien n'aurait pu alors la revivifier. Puis tout d'un coup la circulation reprenait dans son grand corps magnifique et léger. L'eau coulait dans la transparence opaline de sa peau bleuâtre. Elle souriait au soleil et devenait plus bleue encore. Dans ces moments-là elle était vraiment céleste.

Et enfin, un dernier texte qui n'est pas drôle du tout. C'est une lettre que Robert de Saint-Loup envoie au narrateur depuis le front de la guerre de 1914, qui est une des plus belles lettres que j'aie jamais lues et qui, surtout, annonce à mon sens toute la poésie qui va suivre la mort de Proust, notamment Céline : Guillaume Gallienne

« Mon petit, m'écrivait Robert, [...] si tu voyais tout ce monde, surtout les gens du peuple, les ouvriers, les petits commerçants qui ne se doutaient pas de ce qu'ils recélaient en eux d'héroïsme et seraient morts dans leur lit sans l'avoir soupçonné, courir sous les balles pour secourir un camarade, pour emporter un chef blessé, et frappés eux-mêmes, sourire au moment où ils vont mourir parce que le médecin-chef leur apprend que la tranchée a été reprise aux Allemands, je t'assure, mon cher petit, que cela donne une belle idée des Français et que ça fait comprendre les époques historiques qui nous paraissaient un peu extraordinaires dans nos classes.

L'épopée est tellement belle que tu trouverais comme moi que les mots ne font plus rien. [...] Au contact d'une telle grandeur, "poilu" est devenu pour moi quelque chose dont je ne sens même pas plus s'il a pu contenir d'abord une allusion ou une plaisanterie que quand nous lisons "chouans" par exemple. Mais je sens "poilu" déjà prêt pour de grands poètes, comme les mots déluge, ou Christ, ou Barbares qui étaient déjà pétris de grandeur avant que s'en fussent servis Hugo, Vigny ou les autres.

Je dis que le peuple, les ouvriers, est ce qu'il y a de mieux, mais tout le monde est bien. Le pauvre petit Vaugoubert, le fils de l'ambassadeur, a été sept fois blessé avant d'être tué et chaque fois qu'il revenait d'une expédition sans avoir écopé, il avait l'air de s'excuser et de dire que ce n'était pas sa faute. C'était un être charmant. Nous nous étions beaucoup liés, les pauvres parents ont eu la permission de venir à l'enterrement à condition de ne pas être en deuil et de ne rester que cinq minutes à cause du bombardement. La mère, un grand cheval que tu connais peut-être, pouvait avoir beaucoup de chagrin, on ne distinguait rien. Mais le pauvre père était dans un tel état que je t'assure que moi, qui ai fini par devenir tout à fait insensible, à force de prendre l'habitude de voir la tête du camarade qui est en train de me parler subitement labourée par une torpille ou même détachée du tronc, je ne pouvais pas me contenir en voyant l'effondrement du pauvre Vaugoubert qui n'était plus qu'une espèce de loque. Le général avait beau lui dire que c'était pour la France, que son fils s'était conduit en héros, cela ne faisait que redoubler les sanglots du pauvre homme qui ne pouvait pas se détacher du corps de son fils. Enfin, et c'est pour cela qu'il faut s'habituer à "passeront pas", tous ces gens-là, comme mon pauvre valet de chambre, comme Vaugoubert, ont empêché les Allemands de passer. Tu trouves peut-être que nous n'avançons pas beaucoup, mais il ne faut pas raisonner, une armée se sent victorieuse par une impression intime, comme un mourant se sent foutu. Or nous savons que nous aurons la victoire et nous le voulons pour dicter une paix juste, je ne veux pas dire seulement juste pour nous, vraiment juste, juste pour les Français, juste pour les Allemands. »

Nous sommes allés à Cabourg en 1914. Mais, au retour de Cabourg – puisque c'était à la guerre de 1914, nous avons dû quitter l'hôtel au moment où on le réquisitionnait pour les grands blessés –, nous sommes rentrés à Paris et en rentrant, sur le seuil de sa porte, il m'a dit : « Eh bien, Céleste, tout est fini pour moi, pour le dehors de la vie car je prends maintenant la décision que mon travail est un devoir, comme les soldats qui sont au front, moi, je dois rester à mon travail, et je ne sortirai jamais plus. »

Céleste Albaret

VICTOR HUGO

LES MISÉRABLES (EXTRAITS)

VICTOR HUGO

On le loue, sans parfois le lire. C'est Hugo. On le dit monstrueux : bien des pages nous en révèlent la finesse. Et quand on souhaite définir l'œuvre, elle devient une hydre à cent têtes, insaisissable, toujours généreuse. Un romantique ? Pourquoi pas. Surtout un auteur du XIXe siècle droit sorti du Moyen Âge, sans bâtir le moindre château en Espagne. Hugo est un monde, également un peuple : il y a dans ses livres de la grandeur comme du banal, des vérités exprimées comme des secrets, des murmures, des silences – ceux des humbles, des misérables. L'œuvre ne cesse de grandir, de proliférer, pendant que l'homme essaie de comprendre son époque, d'en faire entendre toutes les voix. Jamais il n'est raisonnable ; s'il fréquente ses collègues romantiques, il annonce, tel un devin, la beauté convulsive des surréalistes. Et cela vibre, respire, avec ivresse, secoue la grande cloche de la littérature ; on y entend l'heure exacte de son siècle comme on est invité à percevoir de plus subtiles sonorités pour l'avenir de l'humanité. Hugo lui-même, sa vie en témoigne, est cette somme d'images variées, de métamorphoses : il change de caractère comme ses livres changent d'humeur, de style, de genre. C'est là non pas qu'il est monstrueux mais qu'il faut commencer à le lire, c'est-à-dire à l'entendre. Romancier, poète, essayiste, chroniqueur, homme engagé, dessinateur, il est son temps : une source classique débouchant sur les vagues du romantisme, avec le désir d'aller vers d'autres contrées, d'autres territoires, d'autres idées, afin que cette société autour de lui, souvent perdue dans les affres de l'exploitation de l'homme par l'homme, connaisse sa vraie mémoire par la grâce de la littérature. Ce n'est pas rien, et Hugo est tout cela.

CD 2 PLAGE 1

VICTOR HUGO

Les Misérables

I

Tant qu'il existera, par le fait des lois et des mœurs, une damnation sociale créant artificiellement, en pleine civilisation, des enfers, et compliquant d'une fatalité humaine la destinée qui est divine ; tant que les trois problèmes du siècle, la dégradation de l'homme par le prolétariat, la déchéance de la femme par la faim, l'atrophie de l'enfant par la nuit, ne seront pas résolus ; tant que, dans de certaines régions, l'asphyxie sociale sera possible ; en d'autres termes, et à un point de vue plus étendu encore, tant qu'il y aura sur la terre ignorance et misère, des livres de la nature de celui-ci pourront ne pas être inutiles.

Hauteville House, 1er janvier 1862.

Victor Hugo à propos des *Misérables*, le 1er janvier 1862 sur l'île de Guernesey, alors qu'il y était en exil.

Les Misérables, un roman dont l'auteur disait lui-même : « Ma conviction est que ce livre sera un des principaux sommets, sinon le principal, de mon œuvre. » Cet ouvrage est un plaidoyer social. L'écrivain, connu pour ses nombreux engagements, a voulu décrire la vie des gens humbles, en interrogeant les notions de justice et de dignité. À sa publication, les réactions divergent. Les Frères Goncourt jugent le livre « très décevant », Flaubert n'y trouve « ni vérité ni grandeur », et Baudelaire le qualifie de livre « immonde et inepte ». *Les Misérables* demeure pourtant aujourd'hui une référence littéraire incontestable.

Après dix-neuf ans de bagne, Jean Valjean est remis en liberté. Traversant la région des Alpes, il arrive dans la ville de Digne et cherche à se loger pour la nuit. Chassé de toute part parce qu'il est un ancien forçat, Jean Valjean, désespéré, frappe à la porte du curé de Digne, un homme bon qui va l'accueillir et le nourrir. Extrait du chapitre III du livre II de la première partie.

2

CD 2 PLAGE 2

La porte s'ouvrit.

Elle s'ouvrit vivement, toute grande, comme si quelqu'un la poussait avec énergie et résolution.

Un homme entra.

Cet homme, nous le connaissons déjà. C'est le voyageur que nous avons vu tout à l'heure errer cherchant un gîte.

Il entra, fit un pas, et s'arrêta, laissant la porte ouverte derrière lui. Il avait son sac sur l'épaule, son bâton à la main, une expression rude, hardie, fatiguée et violente dans les yeux. Le feu de la cheminée l'éclairait. Il était hideux. C'était une sinistre apparition.

Madame Magloire n'eut pas même la force de jeter un cri. Elle tressaillit, et resta béante.

Mademoiselle Baptistine se retourna, aperçut l'homme qui entrait et se dressa à demi d'effarement, puis, ramenant peu à peu sa tête vers la cheminée, elle se mit à regarder son frère et son visage redevint profondément calme et serein.

L'évêque fixait sur l'homme un œil tranquille.

Comme il ouvrait la bouche, sans doute pour demander au nouveau venu ce qu'il désirait, l'homme appuya ses deux mains à la fois sur son bâton, promena ses yeux tour à tour sur le vieillard et les femmes, et, sans attendre que l'évêque parlât, dit d'une voix haute :

— Voici. Je m'appelle Jean Valjean. Je suis un galérien. J'ai passé dix-neuf ans au bagne. Je suis libéré depuis quatre jours et en route pour Pontarlier qui est ma destination. Quatre jours et que je marche depuis Toulon. Aujourd'hui, j'ai fait douze lieues à pied. Ce soir, en arrivant dans ce pays, j'ai été dans une auberge, on m'a renvoyé à cause de mon passeport jaune que j'avais montré à la mairie. Il avait fallu. J'ai été à une autre auberge. On m'a dit : Va-t-en ! Chez l'un, chez l'autre. Personne n'a voulu de moi. J'ai été à la prison, le guichetier n'a pas ouvert. J'ai été dans la niche d'un chien. Ce chien m'a mordu et m'a chassé, comme s'il avait été un homme. On aurait dit qu'il savait qui j'étais. Je m'en suis allé dans les champs pour coucher à la belle étoile. Il n'y avait pas d'étoile. J'ai pensé qu'il pleuvrait, et qu'il n'y avait pas de bon Dieu pour empêcher de pleuvoir, et je suis rentré dans la ville pour y trouver le renfoncement d'une porte. Là, dans la place, j'allais me coucher sur une pierre. Une bonne femme m'a montré votre maison et m'a dit : Frappe là. J'ai frappé. Qu'est-ce que c'est ici ? êtes-vous une auberge ? J'ai de l'argent. Ma masse. Cent neuf francs quinze sous que j'ai gagnés au bagne par mon travail en dix-neuf ans. Je payerai. Qu'est-ce que cela me fait ? j'ai de l'argent. Je suis très fatigué, douze lieues à pied, j'ai bien faim. Voulez-vous que je reste ?

— Madame Magloire, dit l'évêque, vous mettrez un couvert de plus.

L'homme fit trois pas et s'approcha de la lampe qui était sur la table. — Tenez, reprit-il, comme s'il n'avait pas bien compris, ce n'est pas ça. Avez-vous entendu ? Je suis un galérien. Un forçat. Je viens des galères. – Il tira de sa poche une grande feuille de papier jaune qu'il déplia. — Voilà mon passeport. Jaune, comme vous voyez. Cela sert à me faire chasser de partout où je suis. Voulez-vous lire ? Je sais lire, moi. J'ai appris au bagne. Il y a une école pour ceux qui veulent. Tenez, voilà ce qu'on a mis sur le passeport : « Jean Valjean, forçat libéré, natif de... – cela vous est égal... – Est resté dix-neuf ans au bagne. Cinq ans pour vol avec effraction. Quatorze ans pour avoir tenté de s'évader quatre fois. Cet homme est très dangereux. » — Voilà ! Tout le monde m'a jeté dehors. Voulez-vous me recevoir, vous ? Est-ce une auberge ? Voulez-vous me donner à manger et à coucher ? avez-vous une écurie ?

— Madame Magloire, dit l'évêque, vous mettrez des draps blancs au lit de l'alcôve.

Nous avons déjà expliqué de quelle nature était l'obéissance des deux femmes.

Madame Magloire sortit pour exécuter ces ordres.

L'évêque se tourna vers l'homme.

— Monsieur, asseyez-vous et chauffez-vous. Nous allons souper dans un instant, et l'on fera votre lit pendant que vous souperez.

Ici l'homme comprit tout à fait. L'expression de son visage, jusqu'alors sombre et dure, s'empreignit de stupéfaction, de doute, de joie, et devint extraordinaire. Il se mit à balbutier comme un homme fou :

— Vrai ? quoi ? vous me gardez ? vous ne me chassez pas ! un forçat ! Vous m'appelez *monsieur !* vous ne me tutoyez pas ! Va-t-en, chien ! qu'on me dit toujours. Je croyais bien que vous me chasseriez. Aussi j'avais dit tout de suite qui je suis. Oh ! la brave femme qui m'a enseigné ici ! Je vais souper ! un lit ! Un lit avec des matelas et des draps ! comme tout le monde ! il y a dix-neuf ans que je n'ai couché dans un lit ! Vous voulez bien que je ne m'en aille pas ! Vous êtes de dignes gens ! D'ailleurs j'ai de l'argent. Je payerai bien. Pardon, monsieur l'aubergiste, comment vous appelez-vous ? Je payerai tout ce qu'on voudra. Vous êtes un brave homme. Vous êtes aubergiste, n'est-ce pas ?

— Je suis, dit l'évêque, un prêtre qui demeure ici.

— Un prêtre ! reprit l'homme. Oh ! un brave homme de prêtre ! Alors vous ne me demandez pas d'argent ? Le curé, n'est-ce pas ? le curé de cette grande église ? Tiens ! c'est vrai, que je suis bête ! je n'avais pas vu votre calotte !

Tout en parlant, il avait déposé son sac et son bâton dans un coin, puis remis son passeport dans sa poche, et il s'était assis. Mademoiselle Baptistine le considérait avec douceur. Il continua :

— Vous êtes humain, monsieur le curé. Vous n'avez pas de mépris. C'est bien bon un bon prêtre. Alors vous n'avez pas besoin que je paye ?

— Non, dit l'évêque, gardez votre argent. Combien avez-vous ? ne m'avez-vous pas dit cent neuf francs ?

— Quinze sous, ajouta l'homme.

— Cent neuf francs quinze sous. Et combien de temps avez-vous mis à gagner cela ?

— Dix-neuf ans.

— Dix-neuf ans !

L'évêque soupira profondément.

L'homme poursuivit : — J'ai encore tout mon argent. Depuis quatre jours je n'ai dépensé que vingt-cinq sous que j'ai gagnés en aidant à décharger des voitures à Grasse. Puisque vous êtes abbé, je vais vous dire, nous avions un aumônier au bagne. Et puis un jour j'ai vu un évêque. Monseigneur, qu'on appelle. C'était l'évêque de la Majore, à Marseille. C'est le curé qui est sur les curés. Vous savez, pardon, je dis mal cela, mais pour moi, c'est si loin ! — Vous comprenez, nous autres ! — Il a dit la messe au milieu du bagne, sur un autel, il avait une chose pointue, en or, sur la tête. Au grand jour de midi, cela brillait. Nous étions en rang. Des trois côtés. Avec les canons, mèche allumée, en face de nous. Nous ne voyions pas bien. Il a parlé, mais il était trop au fond, nous n'entendions pas. Voilà ce que c'est qu'un évêque.

Pendant qu'il parlait, l'évêque était allé pousser la porte qui était restée toute grande ouverte.

Madame Magloire rentra. Elle apportait un couvert qu'elle mit sur la table.

— Madame Magloire, dit l'évêque, mettez ce couvert le plus près possible du feu. – Et se tournant vers son hôte : — Le vent de nuit est dur dans les Alpes. Vous devez avoir froid, monsieur ?

Chaque fois qu'il disait ce mot *monsieur,* avec sa voix doucement grave et de si bonne compagnie, le visage de l'homme s'illuminait. *Monsieur* à un forçat, c'est un verre d'eau à un naufragé de la *Méduse.* L'ignominie a soif de considération.

Poursuivons le portrait de Jean Valjean avec cette digression de l'auteur sur la misère. L'ancien forçat passe la nuit chez Monseigneur Bienvenu, mais il ne parvient pas à trouver le sommeil. Il pense à ces vingt dernières années d'emprisonnement, à sa vie d'avant, à ce qui l'attend aussi, maintenant qu'il est libéré. Extrait du chapitre VII du livre II de la première partie.

CD 2 PLAGE 3

3

Essayons de le dire.

Il faut bien que la société regarde ces choses puisque c'est elle qui les fait.

C'était, nous l'avons dit, un ignorant ; mais ce n'était pas un imbécile. La lumière naturelle était allumée en lui. Le malheur, qui a aussi sa clarté, augmenta le peu de jour qu'il y avait dans cet esprit. Sous le bâton, sous la chaîne, au cachot, à la fatigue, sous l'ardent soleil du bagne, sur le lit de planches des forçats, il se replia en sa conscience et réfléchit.

Il se constitua tribunal.

Il commença par se juger lui-même.

Il reconnut qu'il n'était pas un innocent injustement puni. Il s'avoua qu'il avait commis une action extrême et blâmable ; qu'on ne lui eût peut-être pas refusé ce pain s'il l'avait demandé ; que dans tous les cas il eût mieux valu l'attendre, soit de la pitié, soit du travail ; que ce n'est pas tout à fait une raison sans réplique de dire : peut-on attendre quand on a faim ? que d'abord il est très rare qu'on meure littéralement de faim ; ensuite que, malheureusement ou heureusement, l'homme est ainsi fait qu'il peut souffrir longtemps et beaucoup, moralement et physiquement, sans mourir ; qu'il fallait donc de la patience ; que cela eût mieux valu même pour ces pauvres petits enfants ; que c'était un acte de folie, à lui, malheureux homme chétif, de prendre violemment au collet la société tout entière et de se figurer qu'on sort de la misère par le vol ; que c'était, dans tous les cas, une mauvaise porte pour sortir de la misère que celle par où l'on entre dans l'infamie ; enfin qu'il avait eu tort.

Puis il se demanda :

S'il était le seul qui avait eu tort dans sa fatale histoire ? Si d'abord ce n'était pas une chose grave qu'il eût, lui travailleur, manqué de travail, lui laborieux, manqué de pain. Si, ensuite, la faute commise et avouée, le châtiment n'avait pas été féroce et outré. S'il n'y avait pas plus d'abus de la part de la loi dans la peine qu'il n'y avait eu d'abus de la part du coupable dans la faute. S'il n'y avait pas excès de poids dans un des plateaux de la balance, celui où est l'expiation. Si la surcharge de la peine n'était point l'effacement du délit, et n'arrivait pas à ce résultat : de retourner la situation, de remplacer la faute du délinquant par la faute de la répression, de faire du coupable la victime et du débiteur le créancier, et de mettre définitivement le droit du côté de celui-là même qui l'avait violé.

Si cette peine, compliquée des aggravations successives pour les tentatives d'évasion, ne finissait pas par être une sorte d'attentat du plus fort sur le plus faible, un crime de la société sur l'individu, un crime qui recommençait tous les jours, un crime qui durait dix-neuf ans.

Il se demanda si la société humaine pouvait avoir le droit de faire également subir à ses membres, dans un cas son imprévoyance déraisonnable, et dans l'autre cas sa prévoyance impitoyable, et de saisir à jamais un pauvre homme entre un défaut et un excès, défaut de travail, excès de châtiment. S'il n'était pas exorbitant que la société traitât ainsi précisément ses membres les plus mal dotés dans la répartition de biens que fait le hasard, et par conséquent les plus dignes de ménagements.

Ces questions faites et résolues, il jugea la société et la condamna.

Il la condamna à sa haine.

Il la fit responsable du sort qu'il subissait, et se dit qu'il n'hésiterait peut-être pas à lui en demander compte un jour. Il se déclara à lui-même qu'il n'y avait pas équilibre entre le dommage qu'il avait causé et le dommage qu'on lui causait ; il conclut enfin que son châtiment n'était pas, à la vérité, une injustice, mais qu'à coup sûr c'était une iniquité.

La colère peut être folle et absurde ; on peut être irrité à tort ; on n'est indigné que lorsqu'on a raison au fond par quelque côté. Jean Valjean se sentait indigné.

Et puis, la société humaine ne lui avait fait que du mal. Jamais il n'avait vu d'elle que ce visage courroucé qu'elle appelle sa justice et qu'elle montre à ceux qu'elle frappe. Les hommes ne l'avaient touché que pour le meurtrir. Tout contact avec eux lui avait été un coup. Jamais, depuis son enfance, depuis sa mère, depuis sa sœur, jamais il n'avait rencontré une parole amie et un regard bienveillant. De souffrance en souffrance il arriva peu à peu à cette conviction que la vie était une guerre ; et que dans cette guerre il était le vaincu. Il n'avait d'autre arme que sa haine. Il résolut de l'aiguiser au bagne et de l'emporter en s'en allant.

Il y avait à Toulon une école pour la chiourme tenue par des frères ignorantins où l'on enseignait le plus nécessaire à ceux de ces malheureux qui avaient de la bonne volonté. Il fut du nombre des hommes de bonne volonté. Il alla à l'école à quarante ans, et apprit à lire, à écrire, à compter. Il sentit que fortifier son intelligence, c'était fortifier sa haine. Dans de certains cas, l'instruction et la lumière peuvent servir de rallonge au mal.

Cela est triste à dire, après avoir jugé la société qui avait fait son malheur, il jugea la providence qui avait fait la société.

Il la condamna aussi.

Ainsi, pendant ces dix-neuf ans de torture et d'esclavage, cette âme monta et tomba en même temps. Il y entra de la lumière d'un côté et des ténèbres de l'autre.

Jean Valjean n'était pas, on l'a vu, d'une nature mauvaise. Il était encore bon lorsqu'il arriva au bagne. Il y condamna la société et sentit qu'il devenait méchant, il y condamna la providence et sentit qu'il devenait impie.

Ici il est difficile de ne pas méditer un instant.

La nature humaine se transforme-t-elle ainsi de fond en comble et tout à fait ? L'homme créé bon par Dieu peut-il être fait méchant par l'homme ? L'âme peut-elle être refaite tout d'une pièce par la destinée, et devenir mauvaise, la destinée étant mauvaise ? Le cœur peut-il devenir difforme et contracter des laideurs et des infirmités incurables sous la pression d'un malheur disproportionné, comme la colonne vertébrale sous une voûte trop basse ? N'y a-t-il pas dans toute âme humaine, n'y avait-il pas dans l'âme de Jean Valjean en particulier, une première étincelle, un élément divin, incorruptible dans ce monde, immortel dans l'autre, que le bien peut développer, attiser, allumer, enflammer et faire rayonner splendidement, et que le mal ne peut jamais entièrement éteindre ?

Questions graves et obscures, à la dernière desquelles tout physiologiste eût probablement répondu *non*, et sans hésiter, s'il eût vu à Toulon, aux heures de repos qui étaient pour Jean Valjean des heures de rêverie, assis, les bras croisés, sur la barre de quelque cabestan, le bout de sa chaîne enfoncé dans sa poche pour l'empêcher de traîner, ce galérien morne, sérieux, silencieux et pensif, paria des lois qui regardait l'homme avec colère, damné de la civilisation qui regardait le ciel avec sévérité.

Certes, et nous ne voulons pas le dissimuler, le physiologiste observateur eût vu là une misère irrémédiable, il eût plaint peut-être ce malade du fait de la loi, mais il n'eût pas même essayé de traitement ; il eût détourné le regard des cavernes qu'il aurait entrevues dans cette âme ; et, comme Dante de la porte de l'enfer, il eût effacé de cette existence le mot que le doigt de Dieu écrit pourtant sur le front de tout homme : *Espérance !*

Parallèlement aux aventures de Jean Valjean, l'auteur nous présente un autre personnage central de l'intrigue : la jeune Fantine. Maîtresse d'un étudiant rentier qui la quitte sans explication, Fantine est obligée de se débrouiller seule après la naissance de sa fille Cosette. Contrainte de trouver un emploi rapidement, cette fille-mère va se résoudre à confier son enfant aux Thénardier, un couple d'aubergistes tyrannique. Elle promet de revenir la chercher dès qu'elle aura trouvé un emploi. Mais nous verrons qu'il en sera tout autrement. Extrait du chapitre I du livre IV de la première partie.

CD 2 PLAGE 4

4

Il y avait, dans le premier quart de ce siècle, à Montfermeil, près de Paris, une façon de gargote qui n'existe plus aujourd'hui. Cette gargote était tenue par des gens appelés Thénardier, mari et femme. Elle était située dans la ruelle du Boulanger. On voyait au-dessus de la porte une planche clouée à plat sur le mur. Sur cette planche était peint quelque chose qui ressemblait à un homme portant sur son dos un autre homme, lequel avait de grosses épaulettes de général dorées avec de larges étoiles argentées ; des taches rouges figuraient du sang ; le reste du tableau était de la fumée et représentait probablement une bataille. Au bas on lisait cette inscription : AU SERGENT DE WATERLOO.

Rien n'est plus ordinaire qu'un tombereau ou une charrette à la porte d'une auberge. Cependant le véhicule ou, pour mieux dire, le fragment de véhicule qui encombrait la rue devant la gargote du Sergent de Waterloo, un soir du printemps de 1818, eût certainement attiré par sa masse l'attention d'un peintre qui eût passé là.

C'était l'avant-train d'un de ces fardiers, usités dans les pays de forêts, et qui servent à charrier des madriers et des troncs d'arbres. Cet avant-train se composait d'un massif essieu de fer à pivot où s'emboîtait un lourd timon, et que supportaient deux roues démesurées. Tout cet ensemble était trapu, écrasant et difforme. On eût dit l'affût d'un canon géant. Les ornières avaient donné aux roues, aux jantes, aux moyeux, à l'essieu et au timon, une couche de vase, hideux badigeonnage jaunâtre assez semblable à celui dont on orne volontiers les cathédrales. Le bois disparaissait sous la boue et le fer sous la rouille. Sous l'essieu pendait en draperie une grosse chaîne digne de Goliath forçat. Cette chaîne faisait songer, non aux poutres qu'elle avait fonction de transporter, mais aux mastodontes et aux mammons qu'elle eût pu atteler ; elle avait un air de bagne, mais de bagne cyclopéen et surhumain, et elle semblait détachée de quelque monstre. Homère y eût lié Polyphème et Shakespeare Caliban.

Pourquoi cet avant-train de fardier était-il à cette place dans la rue ? D'abord, pour encombrer la rue ; ensuite pour achever de se rouiller. Il y a dans le vieil ordre social une foule d'institutions qu'on trouve de la sorte sur son passage en plein air et qui n'ont pas pour être là d'autres raisons.

Le centre de la chaîne pendait sous l'essieu assez près de terre, et sur la courbure, comme sur la corde d'une balançoire, étaient assises et groupées, ce soir-là, dans un entrelacement exquis, deux petites filles, l'une d'environ deux ans et demi, l'autre de dix-huit mois, la plus petite dans les bras de la plus grande. Un mouchoir savamment noué les empêchait de tomber. Une mère avait vu cette effroyable chaîne, et avait dit : Tiens ! voilà un joujou pour mes enfants.

Les deux enfants, du reste gracieusement attifées, et avec quelque recherche, rayonnaient ; on eût dit deux roses dans de la ferraille ; leurs yeux étaient un triomphe ; leurs fraîches joues riaient. L'une était châtain, l'autre était brune. Leurs naïfs visages étaient deux étonnements ravis ; un buisson fleuri qui était près de là envoyait aux passants des parfums qui semblaient venir d'elles ; celle de dix-huit mois montrait son gentil ventre nu avec cette chaste indécence de la petitesse. Au-dessus et autour de ces deux têtes délicates, pétries dans le bonheur et trempées dans la lumière, le gigantesque avant-train, noir de rouille, presque terrible, tout enchevêtré de courbes et d'angles farouches, s'arrondissait comme un porche de caverne. À quelques pas, accroupie sur le seuil de l'auberge, la mère, femme d'un aspect peu avenant du reste, mais touchante en ce moment-là, balançait les deux enfants au moyen d'une longue ficelle, les couvant des yeux de peur d'accident avec cette expression animale et céleste propre à la maternité ; à chaque va-et-vient, les hideux anneaux jetaient un bruit strident qui ressemblait à un cri de colère ; les petites filles s'extasiaient, le soleil couchant se mêlait à cette joie, et rien n'était charmant comme ce caprice du hasard, qui avait fait d'une chaîne de titans une escarpolette de chérubins.

Tout en berçant ses deux petites, la mère chantonnait d'une voix fausse une romance alors célèbre :

« Il le faut, disait un guerrier...

Sa chanson et la contemplation de ses filles l'empêchaient d'entendre et de voir ce qui se passait dans la rue.

Cependant quelqu'un s'était approché d'elle, comme elle commençait le premier couplet de la romance, et tout à coup elle entendit une voix qui disait très près de son oreille :

— Vous avez là deux jolis enfants, madame.

À la belle et tendre Imogine.

répondit la mère, continuant sa romance, puis elle tourna la tête.

Une femme était devant elle, à quelques pas. Cette femme, elle aussi, avait un enfant qu'elle portait dans ses bras. Elle portait en outre un assez gros sac de nuit qui semblait fort lourd.

L'enfant de cette femme était un des plus divins êtres qu'on pût voir. C'était une fille de deux à trois ans. Elle eût pu jouter avec les deux autres pour la coquetterie de l'ajustement ; elle avait un bavolet de linge fin, des rubans à sa brassière et de la valenciennes à son bonnet. Le pli de sa jupe relevée laissait voir sa cuisse blanche, potelée et ferme. Elle était admirablement rose et bien portante. La belle petite donnait envie de mordre dans les pommes de ses joues. On ne pouvait rien dire de ses yeux, sinon qu'ils devaient être très grands et qu'ils avaient des cils magnifiques. Elle dormait.

Elle dormait de ce sommeil d'absolue confiance propre à son âge. Les bras des mères sont faits de tendresse ; les enfants y dorment profondément.

Quant à la mère, l'aspect en était pauvre et triste. Elle avait la mise d'une ouvrière qui tend à redevenir paysanne. Elle était jeune. Était-elle belle ? peut-être ; mais avec cette mise il n'y paraissait pas. Ses cheveux, d'où s'échappait une mèche blonde, semblaient fort épais, mais disparaissaient sévèrement sous une coiffe de béguine, laide, serrée, étroite, et nouée au menton. Le rire montre les belles dents quand on en a ; mais elle ne riait point. Ses yeux ne semblaient pas être secs depuis très longtemps. Elle était pâle ; elle avait l'air très lasse et un peu malade ; elle regardait sa fille endormie dans ses bras avec cet air particulier d'une mère qui a nourri son enfant. Un large mouchoir bleu, comme ceux où se mouchent les invalides, plié en fichu, masquait lourdement sa taille. Elle avait les mains hâlées et toutes piquées de taches de rousseur, l'index durci et déchiqueté par l'aiguille, une mante brune de laine bourrue, une robe de toile et de gros souliers. C'était Fantine.

C'était Fantine. Difficile à reconnaître. Pourtant, à l'examiner attentivement, elle avait toujours sa beauté. Un pli triste, qui ressemblait à un commencement d'ironie, ridait sa joue droite. Quant à sa toilette, cette aérienne toilette de mousseline et de rubans qui semblait faite avec de la gaîté, de la folie et de la musique, pleine de grelots et parfumée de lilas, elle s'était évanouie comme ces beaux givres éclatants qu'on prend pour des diamants au soleil ; ils fondent et laissent la branche toute noire.

Dix mois s'étaient écoulés depuis « la bonne farce ».

Que s'était-il passé pendant ces dix mois ? on le devine.

Après l'abandon, la gêne. Fantine avait tout de suite perdu de vue Favourite, Zéphine et Dahlia ; le lien, brisé du côté des hommes, s'était défait du côté des femmes ; on les eût bien étonnées, quinze jours après, si on leur eût dit qu'elles étaient amies ; cela n'avait plus de raison d'être. Fantine était restée seule. Le père de son enfant parti, – hélas ! ces ruptures-là sont irrévocables, – elle se trouva absolument isolée, avec l'habitude du travail de moins et le goût du plaisir de plus. Entraînée par sa liaison avec Tholomyès à dédaigner le petit métier qu'elle savait, elle avait négligé ses débouchés ; ils s'étaient fermés. Nulle ressource. Fantine savait à peine lire et ne savait pas écrire ; on lui avait seulement appris dans son enfance à signer son nom ; elle avait fait écrire par un écrivain public une lettre à Tholomyès, puis une seconde, puis une troisième. Tholomyès n'avait répondu à aucune. Un jour, Fantine entendit des commères dire en regardant sa fille : – Est-ce qu'on prend ces enfants-là au sérieux ? on hausse les épaules de ces enfants-là ! – Alors elle songea à Tholomyès qui haussait les épaules de son enfant et qui ne prenait pas cet être innocent au sérieux ; et son cœur devint sombre à l'endroit de cet homme. Quel parti prendre pourtant ? Elle ne savait plus à qui s'adresser. Elle avait commis une faute, mais le fond de sa nature, on s'en souvient, était pudeur et vertu. Elle sentit vaguement qu'elle était à la veille de tomber dans la détresse, et de glisser dans le pire. Il fallait du courage ; elle en eut, et se roidit. L'idée lui vint de retourner dans sa ville natale, à Montreuil-sur-mer. Là quelqu'un peut-être la connaîtrait et lui donnerait du travail. Oui ; mais il faudrait cacher sa faute. Et elle entrevoyait confusément la nécessité possible d'une séparation plus douloureuse encore que la première. Son cœur se serra, mais elle prit sa résolution. Fantine, on le verra, avait la farouche bravoure de la vie.

Elle avait déjà vaillamment renoncé à la parure, s'était vêtue de toile, et avait mis toute sa soie, tous ses chiffons, tous ses rubans et toutes ses dentelles sur sa fille, seule vanité qui lui restât, et sainte celle-là. Elle vendit tout ce qu'elle avait, ce qui lui produisit deux cents francs ; ses petites dettes payées, elle n'eut plus que quatre-vingts francs environ. À vingt-deux ans, par une belle matinée de printemps, elle quittait Paris, emportant son enfant sur son dos. Quelqu'un qui les eût vues passer toutes les deux eût eu pitié. Cette femme n'avait au monde que cet enfant, et cet enfant n'avait au monde que cette femme. Fantine avait nourri sa fille ; cela lui avait fatigué la poitrine, et elle toussait un peu.

Nous n'aurons plus occasion de parler de M. Félix Tholomyès. Bornons-nous à dire que, vingt ans plus tard, sous le roi Louis-Philippe, c'était un gros avoué de province, influent et riche, électeur sage et juré très sévère ; toujours homme de plaisir.

Vers le milieu du jour, après avoir, pour se reposer, cheminé de temps en temps, moyennant trois ou quatre sous par lieue, dans ce qu'on appelait alors les Petites Voitures des Environs de Paris, Fantine se trouvait à Montfermeil, dans la ruelle du Boulanger.

Comme elle passait devant l'auberge Thénardier, les deux petites filles, enchantées sur leur escarpolette monstre, avaient été pour elle une sorte d'éblouissement, et elle s'était arrêtée devant cette vision de joie.

Il y a des charmes. Ces deux petites filles en furent un pour cette mère.

Elle les considérait, toute émue. La présence des anges est une annonce de paradis. Elle crut voir au-dessus de cette auberge le mystérieux ICI de la providence. Ces deux petites étaient si évidemment heureuses ! Elle les regardait, elle les admirait, tellement attendrie qu'au moment où la mère reprenait haleine entre deux vers de sa chanson, elle ne put s'empêcher de lui dire ce mot qu'on vient de lire :

— Vous avez là deux jolis enfants, madame.

Les créatures les plus féroces sont désarmées par la caresse à leurs petits. La mère leva la tête et remercia, et fit asseoir la passante sur le banc de la porte, elle-même étant sur le seuil. Les deux femmes causèrent.

— Je m'appelle madame Thénardier, dit la mère des deux petites. Nous tenons cette auberge.

Puis, toujours à sa romance, elle reprit entre ses dents :

Il le faut, je suis chevalier
Et je pars pour la Palestine.

Cette madame Thénardier était une femme rousse, charnue, anguleuse ; le type femme-à-soldat dans toute sa disgrâce. Et, chose bizarre, avec un air penché qu'elle devait à des lectures romanesques. C'était une minaudière hommasse. De vieux romans qui se sont éraillés sur des imaginations de gargotières ont de ces effets-là. Elle était jeune encore ; elle avait à peine trente ans. Si cette femme, qui était accroupie, se fût tenue droite, peut-être sa haute taille et sa carrure de colosse ambulant propre aux foires, eussent-elles dès l'abord effarouché la voyageuse, troublé sa confiance, et fait évanouir ce que nous avons à raconter. Une personne qui est assise au lieu d'être debout, les destinées tiennent à cela.

La voyageuse raconta son histoire, un peu modifiée : Qu'elle était ouvrière ; que son mari était mort ; que le travail lui manquait à Paris, et qu'elle allait en chercher ailleurs ; dans son pays ; qu'elle avait quitté Paris, le matin même, à pied ; que, comme elle portait son enfant, se sentant fatiguée, et ayant rencontré la voiture de Villemomble, elle y était montée ; que de Villemomble elle était venue à Montfermeil à pied, que la petite avait un peu marché, mais pas beaucoup, c'est si jeune, et qu'il avait fallu la prendre, et que le bijou s'était endormi.

Et sur ce mot elle donna à sa fille un baiser passionné qui la réveilla. L'enfant ouvrit les yeux, de grands yeux bleus comme ceux de sa mère, et regarda, quoi ? rien, tout, avec cet air sérieux et quelquefois sévère des petits enfants, qui est un mystère de leur lumineuse innocence devant nos crépuscules de vertus. On dirait qu'ils se sentent anges et qu'ils nous savent hommes. Puis l'enfant se mit à rire, et, quoique la mère la retint, glissa à terre avec l'indomptable énergie d'un petit être qui veut courir. Tout à coup elle aperçut les deux autres sur leur balançoire, s'arrêta court, et tira la langue, signe d'admiration.

La mère Thénardier détacha ses filles, les fit descendre de l'escarpolette, et dit :

— Amusez-vous toutes les trois.

Ces âges-là s'apprivoisent vite, et au bout d'une minute les petites Thénardier jouaient avec la nouvelle venue à faire des trous dans la terre, plaisir immense.

Cette nouvelle venue était très gaie ; la bonté de la mère est écrite dans la gaîté du marmot ; elle avait pris un brin de bois qui lui servait de pelle, et elle creusait énergiquement une fosse bonne pour une mouche. Ce que fait le fossoyeur devient riant, fait par l'enfant.

Les deux femmes continuaient de causer.

— Comment s'appelle votre mioche ?

— Cosette.

Cosette, lisez Euphrasie. La petite se nommait Euphrasie. Mais d'Euphrasie la mère avait fait Cosette, par ce doux et gracieux instinct des mères et du peuple qui change Josefa en Pepita et Françoise en Sillette. C'est là un genre de dérivés qui dérange et déconcerte toute la science des étymologistes. Nous avons connu une grand'mère qui avait réussi à faire de Théodore, Gnon.

— Quel âge a-t-elle ?

— Elle va sur trois ans.

— C'est comme mon aînée.

Cependant les trois petites filles étaient groupées dans une posture d'anxiété profonde et de béatitude ; un événement avait lieu ; un gros ver venait de sortir de terre ; et elles avaient peur, et elles étaient en extase.

Leurs fronts radieux se touchaient ; on eût dit trois têtes dans une auréole.

— Les enfants, s'écria la mère Thénardier, comme ça se connaît tout de suite ! les voilà qu'on jurerait trois sœurs !

Ce mot fut l'étincelle qu'attendait probablement l'autre mère. Elle saisit la main de la Thénardier, la regarda fixement, et lui dit :

— Voulez-vous me garder mon enfant ?

La Thénardier eut un de ces mouvements surpris qui ne sont ni le consentement ni le refus.

La mère de Cosette poursuivit :

— Voyez-vous, je ne peux pas emmener ma fille au pays. L'ouvrage ne le permet pas. Avec un enfant, on ne trouve pas à se placer. Ils sont si ridicules dans ce pays-là. C'est le bon Dieu qui m'a fait passer devant votre auberge. Quand j'ai vu vos petites si jolies et si propres et si contentes, cela m'a bouleversée. J'ai dit : voilà une bonne mère. C'est ça ; ça fera trois sœurs. Et puis, je ne serai pas longtemps à revenir. Voulez-vous me garder mon enfant ?

— Il faudrait voir, dit la Thénardier.

— Je donnerais six francs par mois.

Ici une voix d'homme cria du fond de la gargote :

— Pas à moins de sept francs. Et six mois payés d'avance.

— Six fois sept quarante-deux, dit la Thénardier.

— Je les donnerai, dit la mère.

— Et quinze francs en dehors pour les premiers frais, ajouta la voix d'homme.

— Total cinquante-sept francs, dit la madame Thénardier. Et à travers ces chiffres, elle chantonnait vaguement :

Il le faut, disait un guerrier.

— Je les donnerai, dit la mère, j'ai quatre-vingts francs. Il me restera de quoi aller au pays. En allant à pied. Je gagnerai de l'argent là-bas, et dès que j'en aurai un peu, je reviendrai chercher l'amour.

La voix d'homme reprit :

— La petite a un trousseau ?

— C'est mon mari, dit la Thénardier.

— Sans doute elle a un trousseau, le pauvre trésor. J'ai bien vu que c'était votre mari. Et un beau trousseau encore ! un trousseau insensé. Tout par douzaines ; et des robes de soie comme une dame. Il est là dans mon sac de nuit.

— Il faudra le donner, repartit la voix d'homme.

— Je crois bien que je le donnerai ! dit la mère. Ce serait cela qui serait drôle si je laissais ma fille toute nue !

La face du maître apparut.

— C'est bon, dit-il.

Le marché fut conclu. La mère passa la nuit à l'auberge, donna son argent et laissa son enfant, renoua son sac de nuit dégonflé du trousseau et léger désormais, et partit le lendemain matin, comptant revenir bientôt. On arrange tranquillement ces départs-là, mais ce sont des désespoirs.

Une voisine des Thénardier rencontra cette mère comme elle s'en allait, et s'en revint en disant :

— Je viens de voir une femme qui pleure dans la rue, que c'est un déchirement.

Quand la mère de Cosette fut partie, l'homme dit à la femme :

— Cela va me payer mon effet de cent dix francs qui échoit demain. Il me manquait cinquante francs. Sais-tu que j'aurais eu l'huissier et un protêt ? Tu as fait là une bonne souricière avec tes petites.

— Sans m'en douter, dit la femme.

II

PREMIÈRE ESQUISSE DE DEUX FIGURES LOUCHES

La souris prise était bien chétive ; mais le chat se réjouit même d'une souris maigre.

Qu'était-ce que les Thénardier ?

Disons-en un mot dès à présent. Nous compléterons le croquis plus tard.

Ces êtres appartenaient à cette classe bâtarde composée de gens grossiers parvenus et de gens intelligents déchus, qui est entre la classe dite moyenne et la classe dite inférieure, et qui combine quelques-uns des défauts de la seconde avec presque tous les vices de la première, sans avoir le généreux élan de l'ouvrier ni l'ordre honnête du bourgeois.

C'étaient de ces natures naines qui, si quelque feu sombre les chauffe par hasard, deviennent facilement monstrueuses. Il y avait dans la femme le fond d'une brute et dans l'homme l'étoffe d'un gueux. Tous deux étaient au plus haut degré susceptibles de l'espèce de hideux progrès qui se fait dans le sens du mal. Il existe des âmes écrevisses reculant continuellement vers les ténèbres, rétrogradant dans la vie plutôt qu'elles n'y avancent, employant l'expérience à augmenter leur difformité, empirant sans cesse, et s'empreignant de plus en plus d'une noirceur croissante. Cet homme et cette femme étaient de ces âmes-là.

Le Thénardier particulièrement était gênant pour le physionomiste. On n'a qu'à regarder certains hommes pour s'en défier, on les sent ténébreux à leurs deux extrémités. Ils sont inquiets derrière eux et menaçants devant eux. Il y a en eux de l'inconnu. On ne peut pas plus répondre de ce qu'ils ont fait que de ce qu'ils feront. L'ombre qu'ils ont dans le regard les dénonce. Rien qu'en les entendant dire un mot ou qu'en les voyant faire un geste on entrevoit de sombres secrets dans leur passé et de sombres mystères dans leur avenir.

Ce Thénardier, s'il fallait l'en croire, avait été soldat ; sergent, disait-il ; il avait fait probablement la campagne de 1815, et s'était même comporté assez bravement, à ce qu'il paraît. Nous verrons plus tard ce qu'il en était. L'enseigne de son cabaret était une allusion à l'un de ses faits d'armes. Il l'avait peinte lui-même, car il savait faire un peu de tout ; mal.

C'était l'époque où l'antique roman classique, qui, après avoir été *Clélie*, n'était plus que *Lodoïska*, toujours noble, mais de plus en plus vulgaire, tombé de mademoiselle de Scudéri à madame Barthélemy-Hadot, et de madame de Lafayette à madame Bournon-Malarme, incendiait l'âme aimante des portières de Paris et ravageait même un peu la banlieue. Madame Thénardier était juste assez intelligente pour lire ces espèces de livres. Elle s'en nourrissait. Elle y noyait ce qu'elle avait de cervelle ; cela lui avait donné, tant qu'elle avait été très jeune, et même un peu plus tard, une sorte d'attitude pensive près de son mari, coquin d'une certaine profondeur, ruffian lettré à la grammaire près, grossier et fin en même temps, mais, en fait de sentimentalisme, lisant Pigault-Lebrun, et pour « tout ce qui touche le sexe », comme il disait dans son jargon, butor correct et sans mélange. Sa femme avait quelque douze ou quinze ans de moins que lui. Plus tard, quand les cheveux romanesquement pleureurs commencèrent à grisonner, quand la Mégère se dégagea de la Paméla, la Thénardier ne fut plus qu'une grosse méchante femme ayant savouré des romans bêtes. Or on ne lit pas impunément des niaiseries. Il en résulta que sa fille aînée se nomma Éponine. Quant à la cadette, la pauvre petite faillit se nommer Gulnare ; elle dut à je ne sais quelle heureuse diversion faite par un roman de Ducray-Duminil, de ne s'appeler qu'Azelma.

Au reste, pour le dire en passant, tout n'est pas ridicule et superficiel dans cette curieuse époque à laquelle nous faisons ici allusion, et qu'on pourrait appeler l'anarchie des noms de baptême. À côté de l'élément romanesque, que nous venons d'indiquer, il y a le symptôme social. Il n'est pas rare aujourd'hui que le garçon bouvier se nomme Arthur, Alfred ou Alphonse, et que le vicomte – s'il y a encore des vicomtes – se nomme Thomas, Pierre ou Jacques. Ce déplacement qui met le nom « élégant » sur le plébéien et le nom campagnard sur l'aristocrate n'est autre chose qu'un remous d'égalité. L'irrésistible pénétration du souffle nouveau est là comme en tout. Sous cette discordance apparente, il y a une chose grande et profonde : la révolution française.

III

L'ALOUETTE

Il ne suffit pas d'être méchant pour prospérer. La gargote allait mal.

Grâce aux cinquante-sept francs de la voyageuse, Thénardier avait pu éviter un protêt et faire honneur à sa signature. Le mois suivant ils eurent encore besoin d'argent ; la femme porta à Paris et engagea au Mont-de-Piété le trousseau de Cosette pour une somme de soixante francs. Dès que cette somme fut dépensée, les Thénardier s'accoutumèrent à ne plus voir dans la petite fille qu'un enfant qu'ils avaient chez eux par charité, et la traitèrent en conséquence. Comme elle n'avait plus de trousseau, on l'habilla des vieilles jupes et des vieilles chemises des petites Thénardier, c'est-à-dire de haillons. On la nourrit des restes de tout le monde, un peu mieux que le chien et un peu plus mal que le chat. Le chat et le chien étaient du reste ses commensaux habituels ; Cosette mangeait avec eux sous la table dans une écuelle de bois pareille à la leur.

La mère qui s'était fixée, comme on le verra plus tard, à Montreuil-sur-mer, écrivait, ou, pour mieux dire, faisait écrire tous les mois afin d'avoir des nouvelles de son enfant. Les Thénardier répondaient invariablement : Cosette est à merveille.

Les six premiers mois révolus, la mère envoya sept francs pour le septième mois, et continua assez exactement ses envois de mois en mois. L'année n'était pas finie que le Thénardier dit : — Une belle grâce qu'elle nous fait là ! que veut-elle que nous fassions avec ses sept francs ? Et il écrivit pour exiger douze francs. La mère, à laquelle ils persuadaient que son enfant était

heureuse « et venait bien », se soumit et envoya les douze francs.

Certaines natures ne peuvent aimer d'un côté sans haïr de l'autre. La mère Thénardier aimait passionnément ses deux filles à elle, ce qui fit qu'elle détesta l'étrangère. Il est triste de songer que l'amour d'une mère peut avoir de vilains aspects. Si peu de place que Cosette tînt chez elle, il lui semblait que cela était pris aux siens, et que cette petite diminuait l'air que ses filles respiraient. Cette femme, comme beaucoup de femmes de sa sorte, avait une somme de caresses et une somme de coups et d'injures à dépenser chaque jour. Si elle n'avait pas eu Cosette, il est certain que ses filles, tout idolâtrées qu'elles étaient, auraient tout reçu ; mais l'étrangère leur rendit le service de détourner les coups sur elle. Ses filles n'eurent que les caresses. Cosette ne faisait pas un mouvement qui ne fît pleuvoir sur sa tête une grêle de châtiments violents et immérités. Doux être faible qui ne devait rien comprendre à ce monde ni à Dieu, sans cesse punie, grondée, rudoyée, battue et voyant à côté d'elle deux petites créatures comme elle, qui vivaient dans un rayon d'aurore !

La Thénardier étant méchante pour Cosette, Éponine et Azelma furent méchantes. Les enfants, à cet âge, ne sont que des exemplaires de la mère. Le format est plus petit, voilà tout.

Une année s'écoula, puis une autre.

On disait dans le village :

— Ces Thénardier sont de braves gens. Ils ne sont pas riches, et ils élèvent un pauvre enfant qu'on leur a abandonné chez eux !

On croyait Cosette oubliée par sa mère.

Cependant le Thénardier, ayant appris par on ne sait quelles voies obscures que l'enfant était probablement bâtard et que la mère ne pouvait l'avouer, exigea quinze francs par mois, disant que « la créature » grandissait et *« mangeait »*, et menaçant de la renvoyer. « Quelle ne m'embête pas ! s'écriait-il, je lui bombarde son mioche tout au beau milieu de ses cachotteries. Il me faut de l'augmentation. » La mère paya les quinze francs.

D'année en année, l'enfant grandit, et sa misère aussi.

Tant que Cosette fut toute petite, elle fut le souffre-douleur des deux autres enfants ; dès qu'elle se mit à se développer un peu, c'est-à-dire avant même qu'elle eût cinq ans, elle devint la servante de la maison.

Cinq ans, dira-t-on, c'est invraisemblable. Hélas, c'est vrai. La souffrance sociale commence à tout âge. N'avons-nous pas vu, récemment, le procès d'un nommé Dumolard, orphelin devenu bandit, qui, dès l'âge de cinq ans, disent les documents officiels, étant seul au monde « travaillait pour vivre, et volait. »

On fit faire à Cosette les commissions, balayer les chambres, la cour, la rue, laver la vaisselle, porter même des fardeaux. Les Thénardier se crurent d'autant plus autorisés à agir ainsi que la mère qui était toujours à Montreuil-sur-mer commença à mal payer. Quelques mois restèrent en souffrance.

Si cette mère fût revenue à Montfermeil au bout de ces trois années, elle n'eût point reconnu son enfant. Cosette, si jolie et si fraîche à son arrivée dans cette maison, était maintenant maigre et blême. Elle avait je ne sais quelle allure inquiète. Sournoise ! disaient les Thénardier.

L'injustice l'avait faite hargneuse et la misère l'avait rendue laide. Il ne lui restait plus que ses beaux yeux qui faisaient peine, parce que, grands comme ils étaient, il semblait qu'on y vît une plus grande quantité de tristesse.

C'était une chose navrante de voir, l'hiver, ce pauvre enfant, qui n'avait pas encore six ans, grelottant sous de vieilles loques de toile trouées, balayer la rue avant le jour avec un énorme balai dans ses petites mains rouges et une larme dans ses grands yeux.

Dans le pays on l'appelait l'Alouette. Le peuple, qui aime les figures, s'était plu à nommer de ce nom ce petit être pas plus gros qu'un oiseau, tremblant, effarouché et frissonnant, éveillé le premier chaque matin dans la maison et dans le village, toujours dans la rue ou dans les champs avant l'aube.

Seulement la pauvre Alouette ne chantait jamais.

Revenons à Jean Valjean. L'ancien forçat, déchiré par son passé, s'est enfui en pleine nuit de chez Monseigneur Bienvenu en lui volant son argenterie. Repris par la police et ramené de force chez l'évêque, il n'ose affronter le regard de cet homme qui lui a offert l'hospitalité. Mais le religieux lui pardonne et lui fait promettre de devenir un homme bon.
Du temps a passé. On retrouve Jean Valjean sous le nom de M. Madeleine. Il est devenu maire de Montreuil-sur-Mer, la ville où s'est installée Fantine. Il fait le bien autour de lui. Tout semble indiquer qu'il s'est repenti et a reconstruit sa vie sur de nouvelles bases. Mais c'est sans compter sur l'inspecteur Javert, fonctionnaire qui ne vit que pour les lois, ennemi juré de Jean Valjean. En fin observateur, Javert croit reconnaître en M. Madeleine l'ancien forçat. Ce dernier s'en défend jusqu'au jour où Javert lui annonce qu'un procès extraordinaire va se tenir à Arras pour juger un certain Jean Valjean, ancien forçat accusé de vol et déguisé sous le nom de Champmathieu. Cet homme risque la détention au bagne à perpétuité.
Se pose alors un véritable cas de conscience pour le vrai Jean Valjean qui écoute, abasourdi, cette nouvelle : aller se dénoncer ? Ou laisser ce pauvre homme être accusé à sa place ? Extrait du fameux chapitre « Une tempête sous un crâne », chapitre III du livre VII de la première partie.

CD 2 PLAGE 5

5

— Où en suis-je ? — Est-ce que je ne rêve pas ? — Que m'a-t-on dit ? — Est-il bien vrai que j'aie vu ce Javert et qu'il m'ait parlé ainsi ? — Que peut être ce Champmathieu ? — Il me ressemble donc ? — Est-ce possible ? — Quand je pense qu'hier j'étais si tranquille et si loin de me douter de rien ! — Qu'est-ce que je faisais donc hier à pareille heure ? — Qu'y a-t-il dans cet incident ? — Comment se dénouera-t-il ? — Que faire ?

Voilà dans quelle tourmente il était. Son cerveau avait perdu la force de retenir ses idées, elles passaient comme des ondes, et il prenait son front dans ses deux mains pour les arrêter.

De ce tumulte qui bouleversait sa volonté et sa raison, et dont il cherchait à tirer une évidence et une résolution, rien ne se dégageait que l'angoisse.

Sa tête était brûlante. Il alla à la fenêtre et l'ouvrit toute grande.

Il n'y avait pas d'étoiles au ciel. Il revint s'asseoir près de la table.

La première heure s'écoula ainsi.

Peu à peu cependant des linéaments vagues commencèrent à se former et à se fixer dans sa méditation, et il put entrevoir avec la précision de la réalité, non l'ensemble de la situation, mais quelques détails.

Il commença par reconnaître que, si extraordinaire et si critique que fût cette situation, il en était tout à fait le maître.

Sa stupeur ne fit que s'en accroître.

Indépendamment du but sévère et religieux que se proposaient ses actions, tout ce qu'il avait fait jusqu'à ce jour n'était autre chose qu'un trou qu'il creusait pour y enfouir son nom. Ce qu'il avait toujours le plus redouté, dans ses heures de repli sur lui-même, dans ses nuits d'insomnie, c'était d'entendre jamais prononcer ce nom ; il se disait que ce serait là pour lui la fin de tout ; que le jour où ce nom reparaîtrait, il ferait évanouir autour de lui sa vie nouvelle, et qui sait même peut-être ? au dedans de lui sa nouvelle âme. Il frémissait de la seule pensée que c'était possible. Certes, si quelqu'un lui eût dit en ces moments-là qu'une heure viendrait où ce nom retentirait à son oreille où ce hideux mot, Jean Valjean, sortirait tout à coup de la nuit et se dresserait devant lui, où cette lumière formidable faite pour dissiper le mystère dont il s'enveloppait resplendirait subitement sur sa tête ; et que ce nom ne le menacerait pas, que cette lumière ne produirait qu'une obscurité plus épaisse, que ce voile déchiré accroîtrait le mystère ; que ce tremblement de terre consoliderait son édifice, que ce prodigieux incident n'aurait d'autre résultat, si bon lui semblait, à lui, que de rendre son existence à la fois plus claire et plus impénétrable, et que, de sa confrontation avec le fantôme de Jean Valjean, le bon et digne bourgeois monsieur Madeleine sortirait plus honoré, plus paisible et plus respecté que jamais, – si quelqu'un lui eût dit cela, il eût hoché la tête et regardé ces paroles comme insensées. Eh bien ! tout cela venait précisément d'arriver, tout cet entassement de l'impossible était un fait, et Dieu avait permis que ces choses folles devinssent des choses réelles !

Sa rêverie continuait de s'éclaircir. Il se rendait de plus en plus compte de sa position.

Il lui semblait qu'il venait de s'éveiller de je ne sais quel sommeil, et qu'il se trouvait glissant sur une pente au milieu de la nuit, debout, frissonnant, reculant en vain, sur le bord extrême d'un abîme. Il entrevoyait distinctement dans l'ombre un inconnu, un étranger, que la destinée prenait pour lui et poussait dans le gouffre à sa place. Il fallait, pour que le gouffre se refermât, que quelqu'un y tombât, lui ou l'autre.

Il n'avait qu'à laisser faire.

La clarté devint complète, et il s'avoua ceci : – Que sa place était vide aux galères, qu'il avait beau faire, qu'elle l'y attendait toujours, que le vol de Petit-Gervais l'y ramenait, que cette place vide l'attendrait et l'attirerait jusqu'à ce qu'il y fût, que cela était inévitable et fatal. – Et puis il se dit : — Qu'en ce moment il avait un remplaçant, qu'il paraissait qu'un nommé Champmathieu avait cette mauvaise chance, et que, quant à lui, présent désormais au bagne dans la personne de ce Champmathieu, présent dans la société sous le nom de M. Madeleine, il n'avait plus rien à redouter, pourvu qu'il n'empêchât pas les hommes de sceller sur la tête de ce Champmathieu cette pierre de l'infamie qui, comme la pierre du sépulcre, tombe une fois et ne se relève jamais.

Tout cela était si violent et si étrange qu'il se fit soudain en lui cette espèce de mouvement indescriptible qu'aucun homme n'éprouve plus de deux ou trois fois dans sa vie, sorte de convulsion de la conscience qui remue tout ce que le cœur a de douteux, qui se compose d'ironie, de joie et de désespoir, et qu'on pourrait appeler un éclat de rire intérieur.

Il ralluma brusquement sa bougie.

— Eh bien quoi ! se dit-il, de quoi est-ce que j'ai peur ? qu'est-ce que j'ai à songer comme cela ? Me voilà sauvé. Tout est fini. Je n'avais plus qu'une porte entr'ouverte par laquelle mon passé pouvait faire irruption dans ma vie ; cette porte, la voilà murée ! à jamais ! Ce Javert qui me trouble depuis si longtemps, ce redoutable instinct qui semblait m'avoir deviné, qui m'avait deviné, pardieu ! et qui me suivait partout, cet affreux chien de chasse toujours en arrêt sur moi, le voilà dérouté, occupé ailleurs, absolument dépisté ! Il est satisfait désormais, il me laissera tranquille, il tient son Jean Valjean ! Qui sait même, il est probable qu'il voudra quitter la ville ! Et tout cela s'est fait sans moi ! Et je n'y suis pour rien ! Ah çà, mais ! qu'est-ce qu'il y a de malheureux dans ceci ? Des gens qui me verraient, parole d'honneur ! croiraient qu'il m'est arrivé une catastrophe ! Après tout, s'il y a du mal pour quelqu'un, ce n'est aucunement de ma faute. C'est la providence qui a tout fait. C'est qu'elle veut cela apparemment ! Ai-je le droit de déranger ce qu'elle arrange ? Qu'est-ce que je demande à présent ? De quoi est-ce que je vais me mêler ? Cela ne me regarde pas. Comment ! je ne suis pas content ! Mais qu'est-ce qu'il me faut donc ? Le but auquel j'aspire depuis tant d'années, le songe de mes nuits, l'objet de mes prières au ciel, la sécurité, je l'atteins ! C'est Dieu qui le veut. Je n'ai rien à faire contre la volonté de Dieu. Et pourquoi Dieu le veut-il ? Pour que je continue ce que j'ai commencé, pour que je fasse le bien, pour que je sois un jour un grand et encourageant exemple, pour qu'il soit dit qu'il y a eu enfin un peu de bonheur attaché à cette pénitence que j'ai subie et à cette vertu où je suis revenu ! Vraiment je ne comprends pas pourquoi j'ai eu peur tantôt d'entrer chez ce brave curé et de tout lui raconter comme à un confesseur, et de lui demander conseil, c'est évidemment là ce qu'il m'aurait dit. C'est décidé, laissons aller les choses ! laissons faire le bon Dieu !

Il se parlait ainsi dans les profondeurs de sa conscience, penché sur ce qu'on pourrait appeler son propre abîme. Il se leva de sa chaise, et se mit à marcher dans la chambre. — Allons, dit-il, n'y pensons plus. Voilà une résolution prise ! – Mais il ne sentit aucune joie.

Au contraire.

On n'empêche pas plus la pensée de revenir à une idée que la mer de revenir à un rivage. Pour le matelot, cela s'appelle la marée ; pour le coupable, cela s'appelle le remords. Dieu soulève l'âme comme l'océan.

Au bout de peu d'instants, il eut beau faire, il reprit ce sombre dialogue dans lequel c'était lui qui parlait et lui qui écoutait, disant ce qu'il eût voulu taire, écoutant ce qu'il n'eût pas voulu entendre, cédant à cette puissance mystérieuse qui lui disait : pense ! comme elle disait il y a deux mille ans à un autre condamné : marche !

Avant d'aller plus loin et pour être pleinement compris, insistons sur une observation nécessaire.

Il est certain qu'on se parle à soi-même, il n'est pas un être pensant qui ne l'ait éprouvé. On peut dire même que le verbe n'est jamais un plus magnifique mystère que lorsqu'il va, dans l'intérieur d'un homme, de la pensée à la conscience et qu'il retourne de la conscience à la pensée. C'est dans ce sens seulement qu'il faut entendre les mots souvent employés dans ce chapitre, *il dit, il s'écria*. On se dit, on se parle, on s'écrie en soi-même, sans que le silence extérieur soit rompu. Il y a un grand tumulte ; tout parle en nous, excepté la bouche. Les réalités de l'âme, pour n'être point visibles et palpables, n'en sont pas moins des réalités.

Il se demanda donc où il en était. Il s'interrogea sur cette « résolution prise ». Il se confessa à lui-même que tout ce qu'il venait d'arranger dans son esprit était monstrueux, que « laisser aller les choses, laisser faire le bon Dieu », c'était tout simplement horrible. Laisser s'accomplir cette méprise de la destinée et des hommes, ne pas l'empêcher, s'y prêter par son silence, ne rien faire enfin, c'était faire tout ! c'était le dernier degré de l'indignité hypocrite ! c'était un crime bas, lâche, sournois, abject, hideux !

Pour la première fois depuis huit années, le malheureux homme venait de sentir la saveur amère d'une mauvaise pensée et d'une mauvaise action.

Il la recracha avec dégoût.

Il continua de se questionner. Il se demanda sévèrement ce qu'il avait entendu par ceci : « Mon but est atteint ! » Il se déclara que sa vie avait un but en effet. Mais quel but ? cacher son nom ? tromper la police ? Était-ce pour une chose si petite qu'il avait fait tout ce qu'il avait fait ? Est-ce qu'il n'avait pas un autre but, qui était le grand, qui était le vrai ? Sauver, non sa personne, mais son âme. Redevenir honnête et bon. Être un juste ! est-ce que ce n'était pas là surtout, là uniquement, ce qu'il avait toujours voulu, ce que l'évêque lui avait ordonné ? – Fermer la porte à son passé ? Mais il ne la fermait pas, grand Dieu ! il la rouvrait en faisant une action infâme ! mais il redevenait un voleur, et le plus odieux des voleurs ! il volait à un autre son existence, sa vie, sa paix, sa place au soleil ! il devenait un assassin ! il tuait, il tuait moralement un misérable homme, il lui infligeait cette affreuse mort vivante, cette mort à ciel ouvert, qu'on appelle le bagne ! Au contraire, se livrer, sauver cet homme frappé d'une si lugubre erreur, reprendre son nom, redevenir par devoir le forçat Jean Valjean, c'était là vraiment achever sa résurrection, et fermer à jamais l'enfer d'où il sortait ! Y retomber en apparence, c'était en sortir en réalité ! Il fallait faire cela ! il n'avait rien fait s'il ne faisait pas cela ! toute sa vie était inutile, toute sa pénitence était perdue, et il n'y avait plus qu'à dire : à quoi bon ? Il sentait que l'évêque était là, que l'évêque était d'autant plus présent qu'il était mort, que l'évêque le regardait fixement, que désormais le maire Madeleine avec toutes ses vertus lui serait abominable, et que le galérien Jean Valjean serait admirable et pur devant lui. Que les hommes voyaient son masque, mais que l'évêque voyait sa face. Que les hommes voyaient sa vie, mais que l'évêque voyait sa conscience. Il fallait donc aller à Arras, délivrer le faux Jean Valjean, dénoncer le véritable ! Hélas ! c'était là le plus grand des sacrifices, la plus poignante des victoires, le dernier pas à franchir ; mais il le fallait. Douloureuse destinée ! il n'entrerait dans la sainteté aux yeux de Dieu que s'il rentrait dans l'infamie aux yeux des hommes !

Après avoir longtemps hésité, Jean Valjean décide de se rendre au procès et d'affronter son destin. Il arrive enfin à Arras, ville où se déroule le procès de celui que l'on prend pour lui. Si plusieurs doutes l'assaillent à l'entrée de la salle d'audience, il se décide à entrer. Il vient de franchir la porte. Le silence se fait ; tous les regards se tournent vers lui. Extrait du chapitre XI du livre VII de la première partie.

6

CD 2 PLAGE 5

Toutes les têtes se dressèrent. La sensation fut indescriptible. Il y eut dans l'auditoire un instant d'hésitation. La voix avait été si poignante, l'homme qui était là paraissait si calme, qu'au premier abord on ne comprit pas. On se demanda qui avait crié. On ne pouvait croire que ce fût cet homme tranquille qui eût jeté ce cri effrayant.

Cette indécision ne dura que quelques secondes. Avant même que le président et l'avocat général eussent pu dire un mot, avant que les gendarmes et les huissiers eussent pu faire un geste, l'homme que tous appelaient encore en ce moment M. Madeleine s'était avancé vers les témoins Cochepaille, Brevet et Chenildieu.

— Vous ne me reconnaissez pas ? dit-il.

Tous trois demeurèrent interdits et indiquèrent par un signe de tête qu'ils ne le connaissaient point. Cochepaille intimidé fit le salut militaire. M. Madeleine se tourna vers les jurés et vers la cour et dit d'une voix douce :

— Messieurs les jurés, faites relâcher l'accusé. Monsieur le président, faites-moi arrêter. L'homme que vous cherchez, ce n'est pas lui, c'est moi. Je suis Jean Valjean.

Pas une bouche ne respirait. À la première commotion de l'étonnement avait succédé un silence de sépulcre. On sentait dans la salle cette espèce de terreur religieuse qui saisit la foule lorsque quelque chose de grand s'accomplit.

Cependant le visage du président s'était empreint de sympathie et de tristesse ; il avait échangé un signe rapide avec l'avocat et quelques paroles à voix basse avec les conseillers assesseurs. Il s'adressa au public, et demanda avec un accent qui fut compris de tous :

— Y a-t-il un médecin ici ?

L'avocat général prit la parole :

— Messieurs les jurés, l'incident si étrange et si inattendu qui trouble l'audience ne nous inspire, ainsi qu'à vous, qu'un sentiment que nous n'avons pas besoin d'exprimer. Vous connaissez tous, au moins de réputation, l'honorable M. Madeleine, maire de Montreuil-sur-Mer. S'il y a un médecin dans l'auditoire, nous nous joignons à monsieur le président pour le prier de vouloir bien assister monsieur Madeleine et le reconduire à sa demeure.

M. Madeleine ne laissa point achever l'avocat général. Il l'interrompit d'un accent plein de mansuétude et d'autorité. Voici les paroles qu'il prononça ; les voici littéralement, telles qu'elles furent écrites immédiatement après l'audience par un des témoins de cette scène ; telles qu'elles sont encore dans l'oreille de ceux qui les ont entendues, il y a près de quarante ans aujourd'hui.

— Je vous remercie, monsieur l'avocat général, mais je ne suis pas fou. Vous allez voir. Vous étiez sur le point de commettre une grande erreur, lâchez cet homme, j'accomplis un devoir, je suis ce malheureux condamné. Je suis le seul qui voie clair ici, et je vous dis la vérité. Ce que je fais en ce moment, Dieu, qui est là-haut, le regarde, et cela suffit. Vous pouvez me prendre, puisque me voilà. J'avais pourtant fait de mon mieux. Je me suis caché sous un nom ; je suis devenu riche, je suis devenu maire ; j'ai voulu rentrer parmi les honnêtes gens. Il paraît que cela ne se peut pas. Enfin, il y a bien des choses que je ne puis pas dire, je ne vais pas vous raconter ma vie, un jour on saura. J'ai volé monseigneur l'évêque, cela est vrai ; j'ai volé Petit-Gervais, cela est vrai. On a eu raison de vous dire que Jean Valjean était un malheureux très méchant. Toute la faute n'est peut-être pas à lui. Écoutez, messieurs les juges, un homme aussi abaissé que moi n'a pas de remontrance à faire à la providence ni de conseil à donner à la société ; mais, voyez-vous, l'infamie d'où j'avais essayé de sortir est une chose nuisible. Les galères font le galérien. Recueillez cela, si vous voulez. Avant le bagne, j'étais un pauvre paysan très peu intelligent, une espèce d'idiot ; le bagne m'a changé. J'étais stupide, je suis devenu méchant ; j'étais bûche, je suis devenu tison. Plus tard l'indulgence et la bonté m'ont sauvé, comme la sévérité m'avait perdu. Mais, pardon, vous ne pouvez pas comprendre ce que je dis là. Vous trouverez chez moi, dans les cendres de la cheminée, la pièce de quarante sous que j'ai volée il y a sept ans à Petit-Gervais. Je n'ai plus rien à ajouter. Prenez-moi. Mon Dieu ! monsieur l'avocat général remue la tête, vous dites : M. Madeleine est devenu fou, vous ne me croyez pas ! Voilà qui est affligeant. N'allez point condamner cet homme au moins ! Quoi ! ceux-ci ne me reconnaissent pas ! Je voudrais que Javert fût ici. Il me reconnaîtrait, lui !

Rien ne pourrait rendre ce qu'il y avait de mélancolie bienveillante et sombre dans l'accent qui accompagnait ces paroles.

Il se tourna vers les trois forçats :

— Eh bien, je vous reconnais, moi ! Brevet ! vous rappelez-vous ?...

Il s'interrompit, hésita un moment, et dit :

— Te rappelles-tu ces bretelles en tricot à damier que tu avais au bagne ?

Brevet eut comme une secousse de surprise et le regarda de la tête aux pieds d'un air effrayé. Lui continua :

— Chenildieu, qui te surnommais toi-même Je-nie-Dieu, tu as toute l'épaule droite brûlée profondément, parce que tu t'es couché un jour l'épaule sur un réchaud plein de braise, pour effacer les trois lettres T. F. P., qu'on y voit toujours cependant. Réponds, est-ce vrai ?

— C'est vrai, dit Chenildieu.

Il s'adressa à Cochepaille :

— Cochepaille, tu as près de la saignée du bras gauche une date gravée en lettres bleues avec de la poudre brûlée. Cette date, c'est celle du débarquement de l'empereur à Cannes, *1er mars 1815*. Relève ta manche.

Cochepaille releva sa manche, tous les regards se penchèrent autour de lui sur son bras nu. Un gendarme approcha une lampe ; la date y était.

Le malheureux homme se tourna vers l'auditoire et vers les juges avec un sourire dont ceux qui l'ont vu sont encore navrés lorsqu'ils y songent. C'était le sourire du triomphe, c'était aussi le sourire du désespoir.

— Vous voyez bien, dit-il, que je suis Jean Valjean.

Il n'y avait plus dans cette enceinte ni juges, ni accusateurs, ni gendarmes ; il n'y avait que des yeux fixes et des cœurs émus. Personne ne se rappelait plus le rôle que chacun pouvait avoir à jouer ; l'avocat général oubliait qu'il était là pour requérir, le président qu'il était là pour présider, le défenseur qu'il était là pour défendre. Chose frappante, aucune question ne fut faite, aucune autorité n'intervint. Le propre des spectacles sublimes, c'est de prendre toutes les âmes et de faire de tous les témoins des spectateurs. Aucun peut-être ne se rendait compte de ce qu'il éprouvait ; aucun, sans doute, ne se disait qu'il voyait resplendir là une grande lumière ; tous intérieurement se sentaient éblouis.

Il était évident qu'on avait sous les yeux Jean Valjean. Cela rayonnait. L'apparition de cet homme avait suffi pour remplir de clarté cette aventure si obscure le moment d'auparavant. Sans qu'il fût besoin d'aucune explication désormais, toute cette foule, comme par une sorte de révélation électrique, comprit tout de suite et d'un seul coup d'œil cette simple et magnifique histoire d'un homme qui se livrait pour qu'un autre homme ne fût pas condamné à sa place. Les détails, les hésitations, les petites résistances possibles se perdirent dans ce vaste fait lumineux.

Impression qui passa vite, mais qui dans l'instant fut irrésistible.

— Je ne veux pas déranger davantage l'audience, reprit Jean Valjean. Je m'en vais, puisqu'on ne m'arrête pas. J'ai plusieurs choses à faire. Monsieur l'avocat général sait qui je suis, il sait où je vais, il me fera arrêter quand il voudra.

Il se dirigea vers la porte de sortie. Pas une voix ne s'éleva, pas un bras ne s'étendit pour l'empêcher. Tous s'écartèrent. Il avait en ce moment ce je ne sais quoi de divin qui fait que les multitudes reculent et se rangent devant un homme. Il traversa la foule à pas lents. On n'a jamais su qui ouvrit la porte, mais il est certain que la porte se trouva ouverte lorsqu'il y parvint. Arrivé là, il se retourna et dit :

— Monsieur l'avocat général, je reste à votre disposition.

Puis il s'adressa à l'auditoire :

— Vous tous, tous ceux qui sont ici, vous me trouvez digne de pitié, n'est-ce pas ? Mon Dieu ! quand je pense à ce que j'ai été sur le point de faire, je me trouve digne d'envie. Cependant j'aurais mieux aimé que tout ceci n'arrivât pas.

Il sortit, et la porte se referma comme elle avait été ouverte, car ceux qui font de certaines choses souveraines sont toujours sûrs d'être servis par quelqu'un dans la foule.

Pendant ce temps-là, Cosette vit toujours chez les Thénardier. Avant que Jean Valjean, alias M. Madeleine, n'aille se dénoncer à Arras, Fantine le côtoyait à Montreuil-sur-Mer. Tombée dans la prostitution, arrêtée par Javert, c'est lui qui l'a secourue, lui promettant un jour d'aller chercher Cosette. Mais elle meurt avant qu'il ait pu le faire. Cosette, qui a grandi, est livrée à elle-même, toujours entre les mains du couple terrible des Thénardier. Elle est devenue la domestique de la famille. Un matin, en allant chercher de l'eau à la fontaine, elle se met à rêver devant la vitrine d'une boutique. Extrait du chapitre IV du livre III de la seconde partie du roman.

7

CD 2 PLAGE 6

La file de boutiques en plein vent qui partait de l'église se développait, on s'en souvient, jusqu'à l'auberge Thénardier. Ces boutiques, à cause du passage prochain des bourgeois allant à la messe de minuit, étaient toutes illuminées de chandelles brûlant dans des entonnoirs de papier, ce qui, comme le disait le maître d'école de Montfermeil attablé en ce moment chez Thénardier, faisait « un effet magique ». En revanche, on ne voyait pas une étoile au ciel.

La dernière de ces baraques, établie précisément en face de la porte des Thénardier, était une boutique de bimbeloterie, toute reluisante de clinquants, de verroteries et de choses magnifiques en fer-blanc. Au premier rang, et en avant, le marchand avait placé, sur un fond de serviettes blanches, une immense poupée haute de près de deux pieds qui était vêtue d'une robe de crêpe rose avec des épis d'or sur la tête et qui avait de vrais cheveux et des yeux en émail. Tout le jour, cette merveille avait été étalée à l'ébahissement des passants de moins de dix ans, sans qu'il se fût trouvé à Montfermeil une mère assez riche, ou assez prodigue, pour la donner à son enfant. Éponine et Azelma avaient passé des heures à la contempler, et Cosette elle-même, furtivement, il est vrai, avait osé la regarder.

Au moment où Cosette sortit, son seau à la main, si morne et si accablée qu'elle fût, elle ne put s'empêcher de lever les yeux sur cette prodigieuse poupée, vers la dame, comme elle l'appelait. La pauvre enfant s'arrêta pétrifiée. Elle n'avait pas encore vu cette poupée de près. Toute cette boutique lui semblait un palais ; cette poupée n'était pas une poupée, c'était une vision. C'étaient la joie, la splendeur, la richesse, le bonheur, qui apparaissaient dans une sorte de rayonnement chimérique à ce malheureux petit être englouti si profondément dans une misère funèbre et froide. Cosette mesurait avec cette sagacité naïve et triste de l'enfance l'abîme qui la séparait de cette poupée. Elle se disait qu'il fallait être reine ou au moins princesse pour avoir une « chose » comme cela. Elle considérait cette belle robe rose, ces beaux cheveux lisses, et elle pensait : Comme elle doit être heureuse, cette poupée-là ! Ses yeux ne pouvaient se détacher de cette boutique fantastique. Plus elle regardait, plus elle s'éblouissait. Elle croyait voir le paradis. Il y avait d'autres poupées derrière la grande qui lui paraissaient des fées et des génies. Le marchand qui allait et venait au fond de sa baraque lui faisait un peu l'effet d'être le Père éternel.

Dans cette adoration, elle oubliait tout, même la commission dont elle était chargée. Tout à coup, la voix rude de la Thénardier la rappela à la réalité : — Comment, péronnelle, tu n'es pas partie ! Attends ! je vais à toi ! Je vous demande un peu ce qu'elle fait là ! Petit monstre, va !

La Thénardier avait jeté un coup d'œil dans la rue et aperçu Cosette en extase.

Cosette s'enfuit emportant son seau et faisant les plus grands pas qu'elle pouvait.

Nous sommes à la fin de la seconde partie du roman. Victor Hugo joint enfin ses deux intrigues : Jean Valjean et Cosette. Arrêté de nouveau après s'être dénoncé à Arras, Jean Valjean a une nouvelle fois réussi à s'échapper des travaux forcés. Il est bien décidé cette fois-ci à ne plus se faire prendre. Il a une seule chose en tête : aller chercher Cosette chez les Thénardier. Arrivé chez eux, il se fait passer pour un simple voyageur et propose de l'argent au couple diabolique en échange de la garde de la petite Cosette. Et voilà Jean Valjean responsable de l'enfant de Fantine, tous deux marchant en direction de la capitale. Ils s'installent dans la masure Gorbeau. Extrait du chapitre III du livre IV de la seconde partie.

8

CD 2 PLAGE 7

Le lendemain au point du jour, Jean Valjean était encore près du lit de Cosette. Il attendit là, immobile, et il la regarda se réveiller.

Quelque chose de nouveau lui entrait dans l'âme.

Jean Valjean n'avait jamais rien aimé. Depuis vingt-cinq ans il était seul au monde. Il n'avait jamais été père, amant, mari, ami. Au bagne il était mauvais, sombre, chaste, ignorant et farouche. Le cœur de ce vieux forçat était plein de virginités. Sa sœur et les enfants de sa sœur ne lui avaient laissé qu'un souvenir vague et lointain qui avait fini par s'évanouir presque entièrement. Il avait fait tous ses efforts pour les retrouver, et, n'ayant pu les retrouver, il les avait oubliés. La nature humaine est ainsi faite. Les autres émotions tendres de sa jeunesse, s'il en avait, étaient tombées dans un abîme.

Quand il vit Cosette, quand il l'eut prise, emportée et délivrée, il sentit se remuer ses entrailles. Tout ce qu'il y avait de passionné et d'affectueux en lui s'éveilla et se précipita vers cet enfant. Il allait près du lit où elle dormait, et il y tremblait de joie ; il éprouvait des épreintes comme une mère et il ne savait ce que c'était ; car c'est une chose bien obscure et bien douce que ce grand et étrange mouvement d'un cœur qui se met à aimer.

Pauvre vieux cœur tout neuf !

Seulement, comme il avait cinquante-cinq ans et que Cosette en avait huit, tout ce qu'il aurait pu avoir d'amour dans toute sa vie se fondit en une sorte de lueur ineffable.

C'était la deuxième apparition blanche qu'il rencontrait. L'évêque avait fait lever à son horizon l'aube de la vertu ; Cosette y faisait lever l'aube de l'amour.

Les premiers jours s'écoulèrent dans cet éblouissement.

De son côté, Cosette, elle aussi, devenait autre, à son insu, pauvre petit être ! Elle était si petite quand sa mère l'avait quittée qu'elle ne s'en souvenait plus. Comme tous les enfants, pareils aux jeunes pousses de la vigne qui s'accrochent à tout, elle avait essayé d'aimer. Elle n'y avait pu réussir. Tous l'avaient repoussée, les Thénardier, leurs enfants, d'autres enfants. Elle avait aimé le chien, qui était mort. Après quoi, rien n'avait voulu d'elle, ni personne. Chose lugubre à dire, et que nous avons déjà indiquée, à huit ans elle avait le cœur froid. Ce n'était pas sa faute, ce n'était point la faculté d'aimer qui lui manquait ; hélas ! c'était la possibilité. Aussi, dès le premier jour, tout ce qui sentait et songeait en elle se mit à aimer ce bonhomme. Elle éprouvait ce qu'elle n'avait jamais ressenti, une sensation d'épanouissement.

Le bonhomme ne lui faisait même plus l'effet d'être vieux, ni d'être pauvre. Elle trouvait Jean Valjean beau, de même qu'elle trouvait le taudis joli.

Ce sont là des effets d'aurore, d'enfance, de jeunesse, de joie. La nouveauté de la terre et de la vie y est pour quelque chose. Rien n'est charmant comme le reflet colorant du bonheur sur le grenier. Nous avons tous ainsi dans notre passé un galetas bleu.

La nature, cinquante ans d'intervalle, avaient mis une séparation profonde entre Jean Valjean et Cosette ; cette séparation, la destinée la combla. La destinée unit brusquement et fiança avec son irrésistible puissance ces deux existences déracinées, différentes par l'âge, semblables par le deuil. L'une en effet complétait l'autre. L'instinct de Cosette cherchait un père comme l'instinct de Jean Valjean cherchait un enfant. Se rencontrer, ce fut se trouver. Au moment mystérieux où leurs deux mains se touchèrent, elles se soudèrent. Quand ces deux âmes s'aperçurent, elles se reconnurent comme étant le besoin l'une de l'autre et s'embrassèrent étroitement.

En prenant les mots dans leur sens le plus compréhensif et le plus absolu, on pourrait dire que, séparés de tout par des murs de tombe, Jean Valjean était le Veuf comme Cosette était l'Orpheline. Cette situation fit que Jean Valjean devint d'une façon céleste le père de Cosette.

Et, en vérité, l'impression mystérieuse produite à Cosette, au fond du bois de Chelles, par la main de Jean Valjean saisissant la sienne dans l'obscurité, n'était pas une illusion, mais une réalité. L'entrée de cet homme dans la destinée de cet enfant avait été l'arrivée de Dieu.

Du reste, Jean Valjean avait bien choisi son asile. Il était là dans une sécurité qui pouvait sembler entière.

La chambre à cabinet qu'il occupait avec Cosette était celle dont la fenêtre donnait sur le boulevard. Cette fenêtre étant unique dans la maison, aucun regard de voisin n'était à craindre, pas plus de côté qu'en face.

Le rez-de-chaussée du numéro 50-52, espèce d'appentis délabré, servait de remise à des maraîchers, et n'avait aucune communication avec le premier. Il en était séparé par le plancher qui n'avait ni trappe ni escalier et qui était comme le diaphragme de la masure. Le premier étage contenait, comme nous l'avons dit, plusieurs chambres et quelques greniers, dont un seulement était occupé par une vieille femme qui faisait le ménage de Jean Valjean. Tout le reste était inhabité.

C'était cette vieille femme, ornée du nom de *principale locataire* et en réalité chargée des fonctions de portière, qui lui avait loué ce logis dans la journée de Noël. Il s'était donné à elle pour un rentier ruiné par les bons d'Espagne, qui allait venir demeurer là avec sa petite-fille. Il avait payé six mois d'avance et chargé la vieille de meubler la chambre et le cabinet comme on a vu. C'était cette bonne femme qui avait allumé le poêle et tout préparé le soir de leur arrivée.

Les semaines se succédèrent. Ces deux êtres menaient dans ce taudis misérable une existence heureuse.

Dès l'aube Cosette riait, jasait, chantait. Les enfants ont leur chant du matin comme les oiseaux.

Il arrivait quelquefois que Jean Valjean lui prenait sa petite main rouge et crevassée d'engelures et la baisait. La pauvre enfant, accoutumée à être battue, ne savait ce que cela voulait dire, et s'en allait toute honteuse.

Par moments elle devenait sérieuse et elle considérait sa petite robe noire. Cosette n'était plus en guenilles, elle était en deuil. Elle sortait de la misère et elle entrait dans la vie.

Jean Valjean s'était mis à lui enseigner à lire. Parfois, tout en faisant épeler l'enfant, il songeait que c'était avec l'idée de faire le mal qu'il avait appris à lire au bagne. Cette idée avait tourné à montrer à lire à un enfant. Alors le vieux galérien souriait du sourire pensif des anges.

Il sentait là une préméditation d'en haut, une volonté de quelqu'un qui n'est pas l'homme, et il se perdait dans la rêverie. Les bonnes pensées ont leurs abîmes comme les mauvaises.

Apprendre à lire à Cosette, et la laisser jouer, c'était à peu près là toute la vie de Jean Valjean. Et puis il lui parlait de sa mère et il la faisait prier.

Elle l'appelait : *père*, et ne lui savait pas d'autre nom.

Il passait des heures à la contempler, habillant et déshabillant sa poupée, et à l'écouter gazouiller. La vie lui paraissait désormais pleine d'intérêt, les hommes lui semblaient bons et justes, il ne reprochait dans sa pensée plus rien à personne, il n'apercevait aucune raison de ne pas vieillir très vieux maintenant que cette enfant l'aimait. Il se voyait tout un avenir éclairé par Cosette comme par une charmante lumière. Les meilleurs ne sont pas exempts d'une pensée égoïste. Par moments il songeait avec une sorte de joie qu'elle serait laide.

Ceci n'est qu'une opinion personnelle ; mais pour dire notre pensée tout entière, au point où en était Jean Valjean quand il se mit à aimer Cosette, il ne nous est pas prouvé qu'il n'ait pas eu besoin de ce ravitaillement pour persévérer dans le bien. Il venait de voir sous de nouveaux aspects la méchanceté des hommes et la misère de la société, aspects incomplets et qui ne montraient fatalement qu'un côté du vrai, le sort de la femme résumé dans Fantine, l'autorité publique personnifiée dans Javert ; il était retourné au bagne, cette fois pour avoir bien fait ; de nouvelles amertumes l'avaient abreuvé ; le dégoût et la lassitude le reprenaient ; le souvenir même de l'évêque touchait peut-être à quelque moment d'éclipse, sauf à reparaître plus tard lumineux et triomphant ; mais enfin ce souvenir sacré s'affaiblissait. Qui sait si Jean Valjean n'était pas à la veille de se décourager et de retomber ? Il aima, et il redevint fort. Hélas ! il n'était guère moins chancelant que Cosette. Il la protégea et elle l'affermit. Grâce à lui, elle put marcher dans la vie ; grâce à elle, il put continuer dans la vertu. Il fut le soutien de cet enfant et cet enfant fut son point d'appui. Ô mystère insondable et divin des équilibres de la destinée !

Pour conclure, voici un dernier extrait du roman. Nous sommes à Paris, au début des années 1830. Depuis que Jean Valjean a recueilli Cosette, ils n'ont cessé de fuir et d'échapper à Javert qui les poursuit sans relâche. Les années ont passé, ils se sont finalement établis à Paris. Jean Valjean a pris un nouveau nom, Fauchelevent, puis un autre, M. Leblanc. Cosette grandit et devient une ravissante jeune fille qui commence à plaire aux garçons, au grand désespoir de son père d'adoption. Justement, un certain Marius a un jour croisé le regard de Cosette au jardin du Luxembourg. Marius entre dans l'intrigue dans la troisième partie du roman. Fils d'un bonapartiste, petit-fils d'un royaliste, il s'engage à dix-sept ans aux côtés d'un groupe de révolutionnaires idéalistes. Un jour, son destin croise celui de Cosette. S'il l'a vue plusieurs fois, il ne connaît pas son nom. Il a d'abord cru qu'elle s'appelait Ursule, puis a compris qu'on la surnommait l'Alouette. Un extrait du chapitre I du livre II de la partie IV du roman.

9

CD 2 PLAGE 8

Marius du reste était navré. Tout était de nouveau rentré dans une trappe. Il ne voyait plus rien devant lui ; sa vie était replongée dans ce mystère où il errait à tâtons. Il avait un moment revu de très près dans cette obscurité la jeune fille qu'il aimait, le vieillard qui semblait son père, ces êtres inconnus qui étaient son seul intérêt et sa seule espérance en ce monde ; et au moment où il avait cru les saisir, un souffle avait emporté toutes ces ombres. Pas une étincelle de certitude et de vérité n'avait jailli même du choc le plus effrayant. Aucune conjecture possible. Il ne savait même plus le nom qu'il avait cru savoir. À coup sûr ce n'était plus Ursule. Et l'Alouette était un sobriquet. Et que penser du vieillard ? Se cachait-il en effet de la police ? L'ouvrier à cheveux blancs que Marius avait rencontré aux environs des Invalides lui était revenu à l'esprit. Il devenait probable maintenant que cet ouvrier et M. Leblanc étaient le même homme. Il se déguisait donc ? Cet homme avait des côtés héroïques et des côtés équivoques. Pourquoi n'avait-il pas appelé au secours ? pourquoi s'était-il enfui ? était-il, oui ou non, le père de la jeune fille ? enfin était-il réellement l'homme que Thénardier avait cru reconnaître ? Thénardier avait pu se méprendre. Autant de problèmes sans issue. Tout ceci, il est vrai, n'ôtait rien au charme angélique de la jeune fille du Luxembourg. Détresse poignante ; Marius avait une passion dans le cœur, et la nuit sur les yeux. Il était poussé, il était attiré, et il ne pouvait bouger. Tout s'était évanoui, excepté l'amour. De l'amour même, il avait perdu les instincts et les illuminations subites. Ordinairement cette flamme qui nous brûle nous éclaire aussi un peu, et nous jette quelque lueur utile au dehors. Ces sourds conseils de la passion, Marius ne les entendait même plus. Jamais il ne se disait : Si j'allais là ? si j'essayais ceci ? Celle qu'il ne pouvait plus nommer Ursule était évidemment quelque part ; rien n'avertissait Marius du côté où il fallait chercher. Toute sa vie se résumait maintenant en deux mots : une incertitude absolue dans une brume impénétrable. La revoir, elle ; il y aspirait toujours, il ne l'espérait plus.

Pour comble, la misère revenait. Il sentait tout près de lui, derrière lui, ce souffle glacé. Dans toutes ces tourmentes, et depuis longtemps déjà, il avait discontinué son travail, et rien n'est plus dangereux que le travail discontinué ; c'est une habitude qui s'en va. Habitude facile à quitter, difficile à reprendre.

Une certaine quantité de rêverie est bonne, comme un narcotique à dose discrète. Cela endort les fièvres, quelquefois dures, de l'intelligence en travail, et fait naître dans l'esprit une vapeur molle et fraîche qui corrige les contours trop âpres de la pensée pure, comble çà et là des lacunes et des intervalles, lie les ensembles et estompe les angles des idées. Mais trop de rêverie submerge et noie. Malheur au travailleur par l'esprit qui se laisse tomber tout entier de la pensée dans la rêverie ! Il croit qu'il remontera aisément, et il se dit qu'après tout c'est la même chose. Erreur !

La pensée est le labeur de l'intelligence, la rêverie en est la volupté. Remplacer la pensée par la rêverie, c'est confondre un poison avec une nourriture.

Marius, on s'en souvient, avait commencé par là. La passion était survenue, et avait achevé de le précipiter dans les chimères sans objet et sans fond. On ne sort plus de chez soi que pour aller songer. Enfantement paresseux. Gouffre tumultueux et stagnant. Et, à mesure que le travail diminuait, les besoins croissaient. Ceci est une loi. L'homme, à l'état rêveur, est naturellement prodigue et mou ; l'esprit détendu ne peut pas tenir la vie serrée. Il y a, dans cette façon de vivre, du bien mêlé au mal, car si l'amollissement est funeste, la générosité est saine et bonne. Mais l'homme pauvre, généreux et noble, qui ne travaille pas, est perdu. Les ressources tarissent, les nécessités surgissent.

Pente fatale où les plus honnêtes et les plus fermes sont entraînés comme les plus faibles et les plus vicieux, et qui aboutit à l'un de ces deux trous, le suicide ou le crime.

À force de sortir pour aller songer, il vient un jour où l'on sort pour aller se jeter à l'eau.

L'excès de songe fait les Escousse et les Lebras.

Marius descendait cette pente à pas lents, les yeux fixés sur celle qu'il ne voyait plus. Ce que nous venons d'écrire là semble étrange et pourtant est vrai. Le souvenir d'un être absent s'allume dans les ténèbres du cœur ; plus il a disparu, plus il rayonne ; l'âme désespérée et obscure voit cette lumière à son horizon ; étoile de la nuit intérieure. Elle, c'était là toute la pensée de Marius. Il ne songeait pas à autre chose ; il sentait confusément que son vieux habit devenait un habit impossible et que son habit neuf devenait un vieux habit, que ses chemises s'usaient, que son chapeau s'usait, que ses bottes s'usaient, c'est-à-dire que sa vie s'usait, et il se disait : Si je pouvais seulement la revoir avant de mourir !

Une seule idée douce lui restait, c'est qu'Elle l'avait aimé, que son regard le lui avait dit, qu'elle ne connaissait pas son nom, mais qu'elle connaissait son âme, et que peut-être là où elle était, quel que fût ce lieu mystérieux, elle l'aimait encore. Qui sait si elle ne songeait pas à lui comme lui songeait à elle ? Quelquefois, dans des heures inexplicables comme en a tout cœur qui aime, n'ayant que des raisons de douleur et se sentant pourtant un obscur tressaillement de joie, il se disait : Ce sont ses pensées qui viennent à moi ! – Puis il ajoutait : Mes pensées lui arrivent aussi peut-être.

Cette illusion, dont il hochait la tête le moment d'après, réussissait pourtant à lui jeter dans l'âme des rayons qui ressemblaient parfois à de l'espérance. De temps en temps, surtout à cette heure du soir qui attriste le plus les songeurs, il laissait tomber sur un cahier de papier où il n'y avait que cela, le plus pur, le plus impersonnel, le plus idéal des rêveries dont l'amour lui emplissait le cerveau. Il appelait cela « lui écrire ».

Il ne faut pas croire que sa raison fût en désordre. Au contraire. Il avait perdu la faculté de travailler et de se mouvoir fermement vers un but déterminé, mais il avait plus que jamais la clairvoyance et la rectitude. Marius voyait à un jour calme et réel, quoique singulier, ce qui se passait sous ses yeux, même les faits ou les hommes les plus indifférents ; il disait de tout le mot juste avec une sorte d'accablement honnête et de désintéressement candide. Son jugement, presque détaché de l'espérance, se tenait haut et planait.

Dans cette situation d'esprit rien ne lui échappait, rien ne le trompait, et il découvrait à chaque instant le fond de la vie, de l'humanité et de la destinée. Heureux, même dans les angoisses, celui à qui Dieu a donné une âme digne de l'amour et du malheur ! Qui n'a pas vu les choses de ce monde et le cœur des hommes à cette double lumière n'a rien vu de vrai et ne sait rien.

MADAME DE LAFAYETTE

LA PRINCESSE DE CLÈVES (EXTRAITS)

MADAME DE LAFAYETTE

Quand l'amour est inévitable, il faut redoubler de prudence. L'œuvre de Mme de Lafayette invite à une telle vigilance, sans jamais imposer de commandements.

C'est qu'au XVIIe siècle, l'amour occupe tout le monde à la cour, où la jeune femme se fait vite remarquer. Pour l'épouse du comte de Lafayette, son arrivée à Paris, en 1659, ne saurait lui donner le vertige. On loue ses connaissances ; on apprécie sa réserve. Si elle prend plaisir à fréquenter un certain M. de La Rochefoucauld, Mme de Lafayette a déjà l'héroïsme de ses personnages : elle sait mesurer ses sentiments, et préfère la probité d'une amitié aux incertitudes d'une liaison. De toute manière, fût-elle habile en société, l'écriture l'occupe : ce fut peut-être son seul amour. Après la publication de *La Princesse de Montpensier* en 1662, et d'autres ouvrages moins connus, dont un *Zaïde*, roman hispano-mauresque signé sous pseudonyme, Mme de Lafayette offre, en 1678, son chef-d'œuvre : *La Princesse de Clèves*. L'auteur est devenue une femme âgée de quarante-cinq ans ; elle connaît les vertus qu'elle célèbre ; elle a vu autour d'elle des amants s'épuiser, des promesses parjurées, des remords indélébiles. Fréquenter les salons littéraires, ou créer le sien, lui a permis de percevoir avec justesse les épreuves du cœur, en découvrant parallèlement la littérature de son temps.

La Princesse de Clèves, succès immédiat, devient l'histoire exemplaire d'un renoncement : celui de la princesse de Clèves pour M. de Nemours. Afin d'élever haut la flamme de l'amour, la rendre visible aux yeux de tous dans la singularité de ses feux, il faut de quoi l'alimenter : la langue française est portée ici à son degré le plus adamantin. Si Racine fut le maître au théâtre, Mme de Lafayette inscrit dans son roman obsessions et enjeux du classicisme. Son « analyse psychologique » fait entendre encore aujourd'hui les accents de la passion. L'écriture s'y déploie tout en finesse, en saveurs, à travers mille et une tournures inoubliables. Dans *La Princesse de Clèves*, les gouffres de l'amour se confondent avec génie aux nuances de l'écriture.

MADAME DE LAFAYETTE

La Princesse de Clèves

CD 2 PLAGE 9

I

Il parut alors une beauté à la Cour, qui attira les yeux de tout le monde, et l'on doit croire que c'était une beauté parfaite, puisqu'elle donna de l'admiration dans un lieu où l'on était si accoutumé à voir de belles personnes. Elle était de la même maison que le vidame de Chartres et une des plus grandes héritières de France. Son père était mort jeune, et l'avait laissée sous la conduite de Mme de Chartres, sa femme, dont le bien, la vertu et le mérite étaient extraordinaires. Après avoir perdu son mari, elle avait passé plusieurs années sans revenir à la Cour. Pendant cette absence, elle avait donné ses soins à l'éducation de sa fille; mais elle ne travailla pas seulement à cultiver son esprit et sa beauté, elle songea aussi à lui donner de la vertu et à la lui rendre aimable. La plupart des mères s'imaginent qu'il suffit de ne parler jamais de galanterie devant les jeunes personnes pour les en éloigner. Mme de

Chartres avait une opinion opposée ; elle faisait souvent à sa fille des peintures de l'amour; elle lui montrait ce qu'il a d'agréable pour la persuader plus aisément sur ce qu'elle lui en apprenait de dangereux; elle lui contait le peu de sincérité des hommes, leurs tromperies et leur infidélité, les malheurs domestiques où plongent les engagements; et elle lui faisait voir, d'un autre côté, quelle tranquillité suivait la vie d'une honnête femme, et combien la vertu donnait d'éclat et d'élévation à une personne qui avait de la beauté et de la naissance ; mais elle lui faisait voir aussi combien il était difficile de conserver cette vertu, que par une extrême défiance de soi-même et par un grand soin de s'attacher à ce qui seul peut faire le bonheur d'une femme, qui est d'aimer son mari et d'en être aimée.

Cette héritière était alors un des grands partis qu'il y eût en France, et quoiqu'elle fût dans une extrême jeunesse, l'on avait déjà proposé plusieurs mariages. Mme de Chartres, qui était extrêmement glorieuse, ne trouvait presque rien digne de sa fille; la voyant dans sa seizième année, elle voulut la mener à la Cour. Lorsqu'elle arriva, le Vidame alla au-devant d'elle ; il fut surpris de la grande beauté de Mlle de Chartres, et il en fut surpris avec raison. La blancheur de son teint et ses cheveux blonds lui donnaient un éclat que l'on n'a jamais vu qu'à elle ; tous ses traits étaient réguliers, et son visage et sa personne étaient pleins de grâce et de charmes.

Le lendemain qu'elle fut arrivée, elle alla pour assortir des pierreries chez un Italien qui en trafiquait par tout le monde. Cet homme était venu de Florence avec la Reine, et s'était tellement enrichi dans son trafic que sa maison paraissait plutôt celle d'un grand seigneur que d'un marchand. Comme elle y était, le prince de Clèves y arriva. Il fut tellement surpris de sa beauté qu'il ne put cacher sa surprise ; et Mlle de Chartres ne put s'empêcher de rougir en voyant l'étonnement qu'elle lui avait donné. Elle se remit néanmoins, sans témoigner d'autre attention aux actions de ce prince que celle que la civilité lui devait donner pour un homme tel qu'il paraissait. M. de Clèves la regardait avec admiration, et il ne pouvait comprendre qui était cette belle personne qu'il ne connaissait point. Il voyait bien par son air, et par tout ce qui était à sa suite, qu'elle devait être d'une grande qualité. Sa jeunesse lui faisait croire que c'était une fille, mais, ne lui voyant point de mère, et l'Italien qui ne la connaissait point l'appelant Madame, il ne savait que penser, et il la regardait toujours avec étonnement. Il s'aperçut que ses regards l'embarrassaient, contre l'ordinaire des jeunes personnes qui voient toujours avec plaisir l'effet de leur beauté ; il lui parut même qu'il était cause qu'elle avait de l'impatience de s'en aller, et en effet elle sortit assez promptement. M. de Clèves se consola de la perdre de vue dans l'espérance de savoir qui elle était ; mais il fut bien surpris quand il sut qu'on ne la connaissait point. Il demeura si touché de sa beauté et de l'air modeste qu'il avait remarqué dans ses actions qu'on peut dire qu'il conçut pour elle dès ce moment une passion et une estime extraordinaires.

S'il est un livre qui a fait date dans l'histoire de la littérature française, c'est sans doute *La Princesse de Clèves*, écrit par Madame de Lafayette et paru en toute discrétion, sans nom d'auteur, en 1678. Cette publication est très importante car elle marque la naissance du « roman moderne », c'est-à-dire d'un genre qui aspire à plus de brièveté, de simplicité, et surtout qui s'inscrit davantage dans le réel. Écrire un tel ouvrage, c'était le souhait le plus cher de Madame de Lafayette, ancienne dame d'honneur à la cour, grande amie de la marquise de Sévigné mais aussi de La Rochefoucauld. Avec *La Princesse de Clèves*, elle a voulu décrypter les émotions de ses personnages et nous faire entrevoir leur intimité, à travers le récit d'une histoire d'amour qui traverse encore les siècles.

La jeune Mlle de Chartres a donc répondu aux avances de M. de Clèves et accepté la demande en mariage qui lui a été faite, pour le plus grand plaisir de sa mère, rassurée de son alliance avec un bon parti. Nous sommes au début de la première partie du roman.
Quelque temps après la célébration du mariage, le prince de Clèves et sa femme sont invités à un bal de la Cour. Un homme fait son entrée. C'est le duc de Nemours, que le roi présente à la princesse de Clèves. Ils dansent ensemble, sans même se parler, et c'est le coup de foudre. L'adolescente plutôt introvertie, qui ne connaît rien à l'amour, est bouleversée par cette rencontre et ne cesse d'y penser. Sa mère, Mme de Chartres, l'a bien remarqué. La voici alitée chez elle, mourante. Et avant d'expirer, elle met en garde sa fille contre cet amour coupable.

CD 2 PLAGE 10

2

— Il faut nous quitter, ma fille, lui dit-elle, en lui tendant la main ; le péril où je vous laisse et le besoin que vous avez de moi augmentent le déplaisir que j'ai de vous quitter. Vous avez de l'inclination pour M. de Nemours ; je ne vous demande point de me l'avouer : je ne suis plus en état de me servir de votre sincérité pour vous conduire. Il y a déjà longtemps que je me suis aperçue de cette inclination ; mais je ne vous en ai pas voulu parler d'abord, de peur de vous en faire apercevoir vous-même. Vous ne la connaissez que trop présentement ; vous êtes sur le bord du précipice : il faut de grands efforts et de grandes violences pour vous retenir. Songez ce que vous devez à votre mari ; songez ce que vous vous devez à vous-même, et pensez que vous allez perdre cette réputation que vous vous êtes acquise et que je vous ai tant souhaitée. Ayez de la force et du courage, ma fille, retirez-vous de la Cour, obligez votre mari de vous emmener ; ne craignez point de prendre des partis trop rudes et trop difficiles, quelque affreux qu'ils vous paraissent d'abord : ils seront plus doux dans les suites que les malheurs d'une galanterie. Si d'autres raisons que celles de la vertu et de votre devoir vous pouvaient obliger à ce que je souhaite, je vous dirais que, si quelque chose était capable de troubler le bonheur que j'espère en sortant de ce monde, ce serait de vous voir tomber comme les autres femmes ; mais, si ce malheur vous doit arriver, je reçois la mort avec joie, pour n'en être pas le témoin.

Mme de Clèves fondait en larmes sur la main de sa mère, qu'elle tenait serrée entre les siennes, et Mme de Chartres se sentant touchée elle-même :

— Adieu, ma fille, lui dit-elle, finissons une conversation qui nous attendrit trop l'une et l'autre, et souvenez-vous, si vous pouvez, de tout ce que je viens de vous dire.

Elle se tourna de l'autre côté en achevant ces paroles et commanda à sa fille d'appeler ses femmes, sans vouloir l'écouter, ni parler davantage. Mme de Clèves sortit de la chambre de sa mère en l'état que l'on peut s'imaginer, et Mme de Chartres ne songea plus qu'à se préparer à la mort. Elle vécut encore deux jours, pendant lesquels elle ne voulut plus revoir sa fille, qui était la seule chose à quoi elle se sentait attachée.

Mme de Clèves était dans une affliction extrême ; son mari ne la quittait point et, sitôt que Mme de Chartres fut expirée, il l'emmena à la campagne, pour l'éloigner d'un lieu qui ne faisait qu'aigrir sa douleur. On n'en a jamais vu de pareille ; quoique la tendresse et la reconnaissance y eussent la plus grande part, le besoin qu'elle sentait qu'elle avait de sa mère, pour se défendre contre M. de Nemours, ne laissait pas d'y en avoir beaucoup. Elle se trouvait malheureuse d'être abandonnée à elle-même, dans un temps où elle était si peu maîtresse de ses sentiments et où elle eût tant souhaité d'avoir quelqu'un qui pût la plaindre et lui donner de la force. La manière dont M. de Clèves en usait pour elle, lui faisait souhaiter plus fortement que jamais de ne manquer à rien de ce qu'elle lui devait. Elle lui témoignait aussi plus d'amitié et plus de tendresse qu'elle n'avait encore fait ; elle ne voulait point qu'il la quittât, et il lui semblait qu'à force de s'attacher à lui, il la défendrait contre M. de Nemours.

Après son séjour à la campagne, la princesse de Clèves se retrouve seule à Paris. Ces quelques jours loin de la Cour ne l'ont pas guérie de la mort de sa mère, ni de ses sentiments naissants pour le duc de Nemours. Son amie, Mme la Dauphine, lui apprend même que ce dernier a refusé une alliance qui l'aurait fait accéder à la couronne d'Angleterre, pour la simple raison qu'il aimerait une autre femme. La princesse de Clèves, bouleversée par cette nouvelle, rentre chez elle, mais ne s'attend pas à recevoir la visite de Nemours lui-même. Voici un extrait de la seconde partie du roman, le premier tête-à-tête des deux personnages.

CD 2 PLAGE 11

3

Cette princesse était sur son lit, il faisait chaud, et la vue de M. de Nemours acheva de lui donner une rougeur qui ne diminuait pas sa beauté. Il s'assit vis-à-vis d'elle, avec cette crainte et cette timidité que donnent les véritables passions. Il demeura quelque temps sans pouvoir parler. Mme de Clèves n'était pas moins interdite, de sorte qu'ils gardèrent assez longtemps le silence. Enfin M. de Nemours prit la parole et lui fit des compliments sur son affliction; Mme de Clèves, étant bien aise de continuer la conversation sur ce sujet, parla assez longtemps de la perte qu'elle avait faite; et enfin, elle dit que, quand le temps aurait diminué la violence de sa douleur, il lui en demeurerait toujours une si forte impression que son humeur en serait changée.

— Les grandes afflictions et les passions violentes, repartit M. de Nemours, font de grands changements dans l'esprit; et, pour moi, je ne me reconnais pas depuis que je suis revenu de Flandre. Beaucoup de gens ont remarqué ce changement, et même Mme la Dauphine m'en parlait encore hier.

— Il est vrai, repartit Mme de Clèves, qu'elle l'a remarqué, et je crois lui en avoir ouï dire quelque chose.

— Je ne suis pas fâché, Madame, répliqua M. de Nemours, qu'elle s'en soit aperçue, mais je voudrais qu'elle ne fût pas seule à s'en apercevoir. Il y a des personnes à qui on n'ose donner d'autres marques de la passion qu'on a pour elles que par les choses qui ne les regardent point ; et, n'osant leur faire paraître qu'on les aime, on voudrait du moins qu'elles vissent que l'on ne veut être aimé de personne. L'on voudrait qu'elles sussent qu'il n'y a point de beauté, dans quelque rang qu'elle pût être, que l'on ne regardât avec indifférence, et qu'il n'y a point de couronne que l'on voulût acheter au prix de ne les voir jamais. Les femmes jugent d'ordinaire de la passion qu'on a pour elles, continua-t-il, par le soin qu'on prend de leur plaire et de les chercher ; mais ce n'est pas une chose difficile pour peu qu'elles soient aimables ; ce qui est difficile, c'est de ne s'abandonner pas au plaisir de les suivre ; c'est de les éviter, par la peur de laisser paraître au public, et quasi à elles-mêmes, les sentiments que l'on a pour elles. Et ce qui marque encore mieux un véritable attachement, c'est de devenir entièrement opposé à ce que l'on était, et de n'avoir plus d'ambition, ni de plaisir, après avoir été toute sa vie occupé de l'un et de l'autre.

Mme de Clèves entendait aisément la part qu'elle avait à ces paroles. Il lui semblait qu'elle devait y répondre et ne les pas souffrir. Il lui semblait aussi qu'elle ne devait pas les entendre, ni témoigner qu'elle les prît pour elle. Elle croyait devoir parler et croyait ne devoir rien dire. Le discours de M. de Nemours lui plaisait et l'offensait quasi également ; elle y voyait la confirmation de tout ce que lui avait fait penser Mme la Dauphine ; elle y trouvait quelque chose de galant et de respectueux, mais aussi quelque chose de hardi et de trop intelligible. L'inclination qu'elle avait pour ce prince lui donnait un trouble dont elle n'était pas maîtresse. Les paroles les plus obscures d'un homme qui plaît donnent plus d'agitation que des déclarations ouvertes d'un homme qui ne plaît pas. Elle demeurait donc sans répondre, et M. de Nemours se fût aperçu de son silence, dont il n'aurait peut-être pas tiré de mauvais présages, si l'arrivée de M. de Clèves n'eût fini la conversation et sa visite.

Ce précieux moment d'intimité n'a fait que confirmer ce que la princesse tentait d'étouffer : l'amour que lui porte le duc de Nemours est bien réel et elle doit à tout prix dissimuler son intérêt pour lui. Mais ce dilemme intérieur va trouver un écho tout à fait inattendu dans un récit que va lui faire son mari et qui concerne leur défunte amie Mme de Tournon. M. de Clèves lui apprend que l'on vient de découvrir qu'elle entretenait deux relations amoureuses, et cela dans le plus grand secret. En écoutant ces révélations qui la ramènent à sa propre situation, la princesse ne sait comment cacher son désarroi. Elle décide donc d'éviter la présence de Nemours, mais rien ne se déroule comme prévu. Un jour, chez Mme la Dauphine, alors que la princesse se fait peindre son portrait à la demande de M. de Clèves, Nemours apparaît.

4

CD 2 PLAGE 12

Il y avait longtemps que M. de Nemours souhaitait d'avoir le portrait de Mme de Clèves. Lorsqu'il vit celui qui était à M. de Clèves, il ne put résister à l'envie de le dérober à un mari qu'il croyait tendrement aimé ; et il pensa que, parmi tant de personnes qui étaient dans ce même lieu, il ne serait pas soupçonné plutôt qu'un autre.

Mme la Dauphine était assise sur le lit et parlait bas à Mme de Clèves, qui était debout devant elle. Mme de Clèves aperçut par un des rideaux, qui n'était qu'à demi fermé, M. de Nemours, le dos contre la table, qui était au pied du lit, et elle vit que, sans tourner la tête, il prenait adroitement quelque chose sur cette table. Elle n'eut pas de peine à deviner que c'était son portrait, et elle en fut si troublée que Mme la Dauphine remarqua qu'elle ne l'écoutait pas et lui demanda tout haut ce qu'elle regardait. M. de Nemours se tourna à ces paroles ; il rencontra les yeux de Mme de Clèves, qui étaient encore attachés sur lui, et il pensa qu'il n'était pas impossible qu'elle eût vu ce qu'il venait de faire.

Mme de Clèves n'était pas peu embarrassée. La raison voulait qu'elle demandât son portrait ; mais, en le demandant publiquement, c'était apprendre à tout le monde les sentiments que ce prince avait pour elle, et, en le lui demandant en particulier, c'était quasi l'engager à lui parler de sa passion. Enfin elle jugea qu'il valait mieux le lui laisser, et elle fut bien aise de lui accorder une faveur qu'elle lui pouvait faire sans qu'il sût même qu'elle la lui faisait. M. de Nemours, qui remarquait son embarras, et qui en devinait quasi la cause, s'approcha d'elle et lui dit tout bas :

— Si vous avez vu ce que j'ai osé faire, ayez la bonté, Madame, de me laisser croire que vous l'ignorez ; je n'ose vous en demander davantage. Et il se retira après ces paroles et n'attendit point sa réponse.

Mme la Dauphine sortit pour s'aller promener, suivie de toutes les dames, et M. de Nemours alla se renfermer chez lui, ne pouvant soutenir en public la joie d'avoir un portrait de Mme de Clèves. Il sentait tout ce que la passion peut faire sentir de plus agréable ; il aimait la plus aimable personne de la Cour ; il s'en faisait aimer malgré elle, et il voyait dans toutes ses actions cette sorte de trouble et d'embarras que cause l'amour dans l'innocence de la première jeunesse.

Le soir, on chercha ce portrait avec beaucoup de soin ; comme on trouvait la boîte où il devait être, l'on ne soupçonna point qu'il eût été dérobé, et l'on crut qu'il était tombé par hasard. M. de Clèves était affligé de cette perte et, après qu'on eut encore cherché inutilement, il dit à sa femme, mais d'une manière qui faisait voir qu'il ne le pensait pas, qu'elle avait sans doute quelque amant caché à qui elle avait donné ce portrait ou qui l'avait dérobé, et qu'un autre qu'un amant ne se serait pas contenté de la peinture sans la boîte.

Ces paroles, quoique dites en riant, firent une vive impression dans l'esprit de Mme de Clèves. Elles lui donnèrent des remords ; elle fit réflexion à la violence de l'inclination qui l'entraînait vers M. de Nemours ; elle trouva qu'elle n'était plus maîtresse de ses paroles et de son visage ; elle pensa que Lignerolles était revenu ; qu'elle ne craignait plus l'affaire d'Angleterre ; qu'elle n'avait plus de soupçons sur Mme la Dauphine ; qu'enfin il n'y avait plus rien qui la pût défendre et qu'il n'y avait de sûreté pour elle qu'en s'éloignant. Mais, comme elle n'était pas maîtresse de s'éloigner, elle se trouvait dans une grande extrémité et prête à tomber dans ce qui lui paraissait le plus grand des malheurs, qui était de laisser voir à M. de Nemours l'inclination qu'elle avait pour lui. Elle se souvenait de tout ce que Mme de Chartres lui avait dit en mourant et des conseils qu'elle lui avait donnés de prendre toutes sortes de partis, quelque difficiles qu'ils pussent être, plutôt que de s'embarquer dans une galanterie. Ce que M. de Clèves lui avait dit sur la sincérité, en parlant de Mme de Tournon, lui revint dans l'esprit ;

il lui sembla qu'elle lui devait avouer l'inclination qu'elle avait pour M. de Nemours. Cette pensée l'occupa longtemps ; ensuite elle fut étonnée de l'avoir eue, elle y trouva de la folie, et retomba dans l'embarras de ne savoir quel parti prendre.

Nous voici à présent dans la troisième partie du roman. Le duc de Nemours a maintenant la certitude d'être aimé de la princesse de Clèves. La jeune fille va même faire pour la première fois l'expérience de la jalousie, lorsqu'elle va découvrir une lettre écrite par une mystérieuse femme et adressée à Nemours. Elle apprendra au terme d'un long récit que le vrai destinataire de ce courrier était en fait son oncle, le vidame de Chartres. Mais, après avoir été rassurée, elle prend peur et décide de partir s'installer à la campagne afin de fuir cette passion devenue trop forte.

CD 2 PLAGE 13

5

Elle avait ignoré jusqu'alors les inquiétudes mortelles de la défiance et de la jalousie ; elle n'avait pensé qu'à se défendre d'aimer M. de Nemours et elle n'avait point encore commencé à craindre qu'il en aimât une autre. Quoique les soupçons que lui avait donnés cette lettre fussent effacés, ils ne laissèrent pas de lui ouvrir les yeux sur le hasard d'être trompée et de lui donner des impressions de défiance et de jalousie qu'elle n'avait jamais eues. Elle fut étonnée de n'avoir point encore pensé combien il était peu vraisemblable qu'un homme comme M. de Nemours, qui avait toujours fait paraître tant de légèreté parmi les femmes, fût capable d'un attachement sincère et durable. Elle trouva qu'il était presque impossible qu'elle pût être contente de sa passion. Mais quand je le pourrais être, disait-elle, qu'en veux-je faire ? Veux-je la souffrir ? Veux-je y répondre ? Veux-je m'engager dans une galanterie ? Veux-je manquer à M. de Clèves ? Veux-je me manquer à moi-même ? Et veux-je enfin m'exposer aux cruels repentirs et aux mortelles douleurs que donne l'amour ? Je suis vaincue et surmontée par une inclination qui m'entraîne malgré moi. Toutes mes résolutions sont inutiles ; je pensai hier tout ce que je pense aujourd'hui et je fais aujourd'hui tout le contraire de ce que je résolus hier. Il faut m'arracher de la présence de M. de Nemours ; il faut m'en aller à la campagne, quelque bizarre que puisse paraître mon voyage ; et si M. de Clèves s'opiniâtre à l'empêcher ou à en vouloir savoir les raisons, peut-être lui ferai-je le mal, et à moi-même aussi, de les lui apprendre. Elle demeura dans cette résolution et passa tout le soir chez elle, sans aller savoir de Mme la Dauphine ce qui était arrivé de la fausse lettre du Vidame.

Quand M. de Clèves fut revenu, elle lui dit qu'elle voulait aller à la campagne, qu'elle se trouvait mal et qu'elle avait besoin de prendre l'air. M. de Clèves, à qui elle paraissait d'une beauté qui ne lui persuadait pas que ses maux fussent considérables, se moqua d'abord de la proposition de ce voyage et lui répondit qu'elle oubliait que les noces des princesses et le tournoi s'allaient faire, et qu'elle n'avait pas trop de temps pour se préparer à y paraître avec la même magnificence que les autres femmes. Les raisons de son mari ne la firent pas changer de dessein ; elle le pria de trouver bon que, pendant qu'il irait à Compiègne avec le Roi, elle allât à Coulommiers, qui était une belle maison à une journée de Paris, qu'ils faisaient bâtir avec soin. M. de Clèves y consentit ; elle y alla dans le dessein de n'en pas revenir sitôt, et le Roi partit pour Compiègne où il ne devait être que peu de jours.

M. de Nemours avait eu bien de la douleur de n'avoir point revu Mme de Clèves depuis cette après-dînée qu'il avait passée avec elle si agréablement et qui avait augmenté ses espérances. Il avait une impatience de la revoir qui ne lui donnait point de repos, de sorte que, quand le Roi revint à Paris, il résolut d'aller chez sa sœur, la duchesse de Mercœur, qui était à la campagne assez près de Coulommiers. Il proposa au Vidame d'y aller avec lui, qui accepta aisément cette proposition ; et M. de Nemours la fit dans l'espérance de voir Mme de Clèves et d'aller chez elle avec le Vidame.

Mme de Mercœur les reçut avec beaucoup de joie et ne pensa qu'à les divertir et à leur donner tous les plaisirs de la campagne. Comme ils étaient à la chasse à courir le cerf, M. de Nemours s'égara dans la forêt. En s'enquérant du chemin qu'il devait tenir pour s'en retourner, il sut qu'il était proche de Coulommiers. À ce mot de Coulommiers, sans faire aucune réflexion et sans savoir quel était son dessein, il alla à toute bride du côté qu'on le lui montrait. Il arriva dans la forêt et se laissa conduire au hasard par des routes faites avec soin, qu'il jugea bien qui conduisaient vers le château. Il trouva au bout de ces routes un pavillon, dont le dessous était un grand salon accompagné de deux cabinets, dont l'un était ouvert sur un jardin de fleurs, qui n'était séparé de la forêt que par des palissades, et le second donnait sur une grande allée du parc. Il entra dans le pavillon, et il se serait arrêté à en regarder la beauté, sans qu'il vît venir par cette allée du parc M. et Mme de Clèves, accompagnés d'un grand nombre de domestiques. Comme il ne s'était pas attendu à trouver M. de Clèves qu'il avait laissé auprès du Roi, son premier mouvement le porta à se cacher : il entra dans le cabinet qui donnait sur le jardin de fleurs, dans la pensée d'en ressortir par une porte qui était ouverte sur la forêt ; mais, voyant que Mme de Clèves et son mari s'étaient assis sous le pavillon, que leurs domestiques demeuraient dans le parc et qu'ils ne pouvaient venir à lui sans passer dans le lieu où étaient M. et Mme de Clèves, il ne put se refuser le plaisir de voir cette princesse, ni résister à la curiosité d'écouter sa conversation avec un mari qui lui donnait plus de jalousie qu'aucun de ses rivaux.

Il entendit que M. de Clèves disait à sa femme :

— Mais pourquoi ne voulez-vous point revenir à Paris ? Qui vous peut retenir à la campagne ? Vous avez depuis quelque temps un goût pour la solitude qui m'étonne et qui m'afflige parce qu'il nous sépare. Je vous trouve même plus triste que de coutume et je crains que vous n'ayez quelque sujet d'affliction.

— Je n'ai rien de fâcheux dans l'esprit, répondit-elle avec un air embarrassé ; mais le tumulte de la Cour est si grand et il y a toujours un si grand monde chez vous qu'il est impossible que le corps et l'esprit ne se lassent et que l'on ne cherche du repos.

— Le repos, répliqua-t-il, n'est guère propre pour une personne de votre âge. Vous êtes, chez vous et dans la Cour, d'une sorte à ne vous pas donner de lassitude et je craindrais plutôt que vous ne fussiez bien aise d'être séparée de moi.

— Vous me feriez une grande injustice d'avoir cette pensée, reprit-elle avec un embarras qui augmentait toujours ; mais je vous supplie de me laisser ici. Si vous y pouviez demeurer, j'en aurais beaucoup de joie, pourvu que vous y demeurassiez seul, et que vous voulussiez bien n'y avoir point ce nombre infini de gens qui ne vous quittent quasi jamais.

— Ah ! Madame ! s'écria M. de Clèves, votre air et vos paroles me font voir que vous avez des raisons pour souhaiter d'être seule, que je ne sais point, et je vous conjure de me les dire.

Il la pressa longtemps de les lui apprendre sans pouvoir l'y obliger ; et, après qu'elle se fut défendue d'une manière qui augmentait toujours la curiosité de son mari, elle demeura dans un profond silence, les yeux baissés ; puis tout d'un coup prenant la parole et le regardant :

— Ne me contraignez point, lui dit-elle, à vous avouer une chose que je n'ai pas la force de vous avouer, quoique j'en aie eu plusieurs fois le dessein. Songez seulement que la prudence ne veut pas qu'une femme de mon âge, et maîtresse de sa conduite, demeure exposée au milieu de la Cour.

— Que me faites-vous envisager, Madame, s'écria M. de Clèves. Je n'oserais vous le dire de peur de vous offenser.

Mme de Clèves ne répondit point ; et son silence achevant de confirmer son mari dans ce qu'il avait pensé :

— Vous ne me dites rien, reprit-il, et c'est me dire que je ne me trompe pas.

— Eh bien, Monsieur, lui répondit-elle en se jetant à ses genoux, je vais vous faire un aveu que l'on n'a jamais fait à son mari ; mais l'innocence de ma conduite et de mes intentions m'en donne la force. Il est vrai que j'ai des raisons de m'éloigner de la Cour et que je veux éviter les périls où se trouvent quelquefois les personnes de mon âge. Je n'ai jamais donné nulle marque de faiblesse et je ne craindrais pas d'en laisser paraître si vous me laissiez la liberté de me retirer de la Cour ou si j'avais encore Mme de Chartres pour aider à me conduire. Quelque dangereux que soit le parti que je prends, je le prends avec joie pour me conserver digne d'être à vous. Je vous demande mille pardons, si j'ai des sentiments qui vous déplaisent, du moins je ne vous déplairai jamais par mes actions. Songez que pour faire ce que je fais, il faut avoir plus d'amitié et plus d'estime pour un mari que l'on n'en a jamais eu ; conduisez-moi, ayez pitié de moi, et aimez-moi encore, si vous pouvez.

M. de Clèves était demeuré, pendant tout ce discours, la tête appuyée sur ses mains, hors de lui-même, et il n'avait pas songé à faire relever sa femme. Quand elle eut cessé de parler, qu'il jeta les yeux sur elle, qu'il la vit à ses genoux le visage couvert de larmes et d'une beauté si admirable, il pensa mourir de douleur, et l'embrassant en la relevant :

— Ayez pitié de moi vous-même, Madame, lui dit-il, j'en suis digne ; et pardonnez si, dans les premiers moments d'une affliction aussi violente qu'est la mienne, je ne réponds pas, comme je dois, à un procédé comme le vôtre. Vous me paraissez plus digne d'estime et d'admiration que tout ce qu'il y a jamais eu de femmes au monde ; mais aussi je me trouve le plus malheureux homme qui ait jamais été. Vous m'avez donné de la passion dès le premier moment que je vous ai vue; vos rigueurs et votre possession n'ont pu l'éteindre : elle dure encore; je n'ai jamais pu vous donner de l'amour, et je vois que vous craignez d'en avoir pour un autre. Et qui est-il, Madame, cet homme heureux qui vous donne cette crainte ? Depuis quand vous plaît-il ? Qu'a-t-il fait pour vous plaire ? Quel chemin a-t-il trouvé pour aller à votre cœur ? Je m'étais consolé en quelque sorte de ne l'avoir pas touché par la pensée qu'il était incapable de l'être. Cependant un autre fait ce que je n'ai pu faire. J'ai tout ensemble la jalousie d'un mari et celle d'un amant; mais il est impossible d'avoir celle d'un mari après un procédé comme le vôtre. Il est trop noble pour ne me pas donner une sûreté entière; il me console même comme votre amant. La confiance et la sincérité que vous avez pour moi sont d'un prix infini : vous m'estimez assez pour croire que je n'abuserai pas de cet aveu. Vous avez raison, Madame, je n'en abuserai pas et je ne vous en aimerai pas moins. Vous me rendez malheureux par la plus grande marque de fidélité que jamais une femme ait donnée à son mari. Mais, Madame achevez et apprenez-moi qui est celui que vous voulez éviter.

— Je vous supplie de ne me le point demander, répondit-elle; je suis résolue de ne vous le pas dire et je crois que la prudence ne veut pas que je vous le nomme.

— Ne craignez point, Madame, reprit M. de Clèves, je connais trop le monde pour ignorer que la considération d'un mari n'empêche pas que l'on ne soit amoureux de sa femme. On doit haïr ceux qui le sont et non pas s'en plaindre; et encore une fois, Madame, je vous conjure de m'apprendre ce que j'ai envie de savoir.

— Vous m'en presseriez inutilement, répliqua-t-elle ; j'ai de la force pour taire ce que je crois ne pas devoir dire. L'aveu que je vous ai fait n'a pas été par faiblesse, et il faut plus de courage pour avouer cette vérité que pour entreprendre de la cacher.

M. de Nemours ne perdait pas une parole de cette conversation ; et ce que venait de dire Mme de Clèves ne lui donnait guère moins de jalousie qu'à son mari. Il était si éperdument amoureux d'elle qu'il croyait que tout le monde avait les mêmes sentiments. Il était véritable aussi qu'il avait plusieurs rivaux ; mais il s'en imaginait encore davantage, et son esprit s'égarait à chercher celui dont Mme de Clèves voulait parler. Il avait cru bien des fois qu'il ne lui était pas désagréable et il avait fait ce jugement sur des choses qui lui parurent si légères dans ce moment qu'il ne put s'imaginer qu'il eût donné une passion qui devait être bien violente pour avoir recours à un remède si extraordinaire. Il était si transporté qu'il ne savait quasi ce qu'il voyait, et il ne pouvait pardonner à M. de Clèves de ne pas assez presser sa femme de lui dire ce nom qu'elle lui cachait.

M. de Clèves faisait néanmoins tous ses efforts pour le savoir ; et, après qu'il l'en eut pressée inutilement :

— Il me semble, répondit-elle, que vous devez être content de ma sincérité ; ne m'en demandez pas davantage et ne me donnez point lieu de me repentir de ce que je viens de faire. Contentez-vous de l'assurance que je vous donne encore, qu'aucune de mes actions n'a fait paraître mes sentiments et que l'on ne m'a jamais rien dit dont j'aie pu m'offenser.

— Ah ! Madame, reprit tout d'un coup M. de Clèves, je ne vous saurais croire. Je me souviens de l'embarras où vous fûtes le jour que votre portrait se perdit. Vous avez donné, Madame, vous avez donné ce portrait qui m'était si cher et qui m'appartenait si légitimement. Vous n'avez pu cacher vos sentiments ; vous aimez, on le sait ; votre vertu vous a jusqu'ici garantie du reste.

— Est-il possible, s'écria cette princesse, que vous puissiez penser qu'il y ait quelque déguisement dans un aveu comme le mien, qu'aucune raison ne m'obligeait à vous faire ? Fiez-vous à mes paroles ; c'est par un assez grand prix que j'achète la confiance que je vous demande. Croyez, je vous en conjure, que je n'ai point donné mon portrait : il est vrai que je le vis prendre ; mais je ne voulus pas faire paraître que je le voyais, de peur de m'exposer à me faire dire des choses que l'on ne m'a encore osé dire.

— Par où vous a-t-on donc fait voir qu'on vous aimait, reprit M. de Clèves, et quelles marques de passion vous a-t-on données ?

— Épargnez-moi la peine, répliqua-t-elle, de vous redire des détails qui me font honte à moi-même de les avoir remarqués et qui ne m'ont que trop persuadée de ma faiblesse.

— Vous avez raison, Madame, reprit-il, je suis injuste. Refusez-moi toutes les fois que je vous demanderai de pareilles choses ; mais ne vous offensez pourtant pas si je vous les demande.

Dans ce moment plusieurs de leurs gens, qui étaient demeurés dans les allées, vinrent avertir M. de Clèves qu'un gentilhomme venait le chercher, de la part du Roi, pour lui ordonner de se trouver le soir à Paris. M. de Clèves fut contraint de s'en aller et il ne put rien dire à sa femme, sinon qu'il la suppliait de venir le lendemain, et qu'il la conjurait de croire que, quoiqu'il fût affligé, il avait pour elle une tendresse et une estime dont elle devait être satisfaite.

Cette femme avait parfaitement le droit de se taire. Mais, il la pousse dans ses retranchements, il ne supporte plus ce qu'il devine et donc elle le lui dit en sachant qu'elle ne devrait pas, elle se sent obligée de parler et obligée de ne rien dire, c'est infernal. Et donc, cet aveu le tue.

Marie Darrieussecq

Peu de temps après cet aveu, le prince de Clèves va découvrir que l'homme dont sa femme est amoureuse n'est autre que Nemours. Soucieux de préserver son mariage, il demande à l'un de ses proches d'aller surveiller les environs de la maison de Coulommiers, où réside la princesse. Sur place, l'espion assiste à l'arrivée impromptue de Nemours dans le jardin de la propriété. Il est venu surprendre celle qu'il aime. Voici un extrait de la quatrième partie du roman.

6

CD 2 PLAGE 14

Il trouva qu'il y avait eu de la folie, non pas à venir voir Mme de Clèves sans en être vu, mais à penser de s'en faire voir ; il vit tout ce qu'il n'avait point encore envisagé. Il lui parut de l'extravagance dans sa hardiesse de venir surprendre, au milieu de la nuit, une personne à qui il n'avait encore jamais parlé de son amour. Il pensa qu'il ne devait pas prétendre qu'elle le voulût écouter, et qu'elle aurait une juste colère du péril où il l'exposait par les accidents qui pouvaient arriver. Tout son courage l'abandonna, et il fut prêt plusieurs fois à prendre la résolution de s'en retourner sans se faire voir. Poussé néanmoins par le désir de lui parler, et rassuré par les espérances que lui donnait tout ce qu'il avait vu, il avança quelques pas, mais avec tant de trouble qu'une écharpe qu'il avait s'embarrassa dans la fenêtre, en sorte qu'il fit du bruit. Mme de Clèves tourna la tête, et, soit qu'elle eût l'esprit rempli de ce prince, ou qu'il fût dans un lieu où la lumière donnait assez pour qu'elle le pût distinguer, elle crut le reconnaître et sans balancer ni se retourner du côté où il était, elle entra dans le lieu où étaient ses femmes. Elle y entra avec tant de trouble qu'elle fut contrainte, pour le cacher, de dire qu'elle se trouvait mal ; et elle le dit aussi pour occuper tous ses gens et pour donner le temps à M. de Nemours de se retirer. Quand elle eut fait quelque réflexion, elle pensa qu'elle s'était trompée et que c'était un effet de son imagination d'avoir cru voir M. de Nemours. Elle savait qu'il était à Chambord, elle ne trouvait nulle apparence qu'il eût entrepris une chose si hasardeuse ; elle eut envie plusieurs fois de rentrer dans le cabinet et d'aller voir dans le jardin s'il y avait quelqu'un. Peut-être souhaitait-elle, autant qu'elle le craignait, d'y trouver M. de Nemours ; mais enfin la raison et la prudence l'emportèrent sur tous ses autres sentiments, et elle trouva qu'il valait mieux demeurer dans le doute où elle était que de prendre le hasard de s'en éclaircir. Elle fut longtemps à se résoudre à sortir d'un lieu dont elle pensait que ce prince était peut-être si proche, et il était quasi jour quand elle revint au château.

M. de Nemours était demeuré dans le jardin tant qu'il avait vu de la lumière ; il n'avait pu perdre l'espérance de revoir Mme de Clèves, quoiqu'il fût persuadé qu'elle l'avait reconnu et qu'elle n'était sortie que pour l'éviter ; mais voyant qu'on fermait les portes, il jugea bien qu'il n'avait plus rien à espérer. Il vint reprendre son cheval tout proche du lieu où attendait le gentilhomme de M. de Clèves. Ce gentilhomme le suivit jusqu'au même village, d'où il était parti le soir. M. de Nemours se résolut d'y passer tout le jour, afin de retourner la nuit à Coulommiers, pour voir si Mme de Clèves aurait encore la cruauté de le fuir, ou celle de ne se pas exposer à être vue ; quoiqu'il eût une joie sensible de l'avoir trouvée si remplie de son idée, il était néanmoins très affligé de lui avoir vu un mouvement si naturel de le fuir.

La passion n'a jamais été si tendre et si violente qu'elle l'était alors en ce prince. Il s'en alla sous des saules, le long d'un petit ruisseau qui coulait derrière la maison où il était caché. Il s'éloigna le plus qu'il lui fut possible, pour n'être vu ni entendu de personne ; il s'abandonna aux transports de son amour et son cœur en fut tellement pressé qu'il fut contraint de laisser couler quelques larmes ; mais ces larmes n'étaient pas de celles que la douleur seule fait répandre, elles étaient mêlées de douceur et de ce charme qui ne se trouve que dans l'amour.

Il se mit à repasser toutes les actions de Mme de Clèves depuis qu'il en était amoureux ; quelle rigueur honnête et modeste elle avait toujours eue pour lui, quoiqu'elle l'aimât. Car, enfin, elle m'aime, disait-il ; elle m'aime, je n'en saurais douter ; les plus grands engagements et les plus grandes faveurs ne sont pas des marques si assurées que celles que j'en ai eues. Cependant je suis traité avec la même rigueur que si j'étais haï, j'ai espéré au temps, je n'en dois plus rien attendre ; je la vois toujours se défendre également contre moi et contre elle-même. Si je n'étais point aimé, je songerais à plaire ; mais je plais, on m'aime, et on me le cache. Que puis-je donc espérer, et quel changement dois-je attendre dans ma destinée ? Quoi ! je serai aimé de la plus aimable personne du monde et je n'aurai cet excès d'amour que donnent les premières certitudes d'être aimé que pour mieux sentir la douleur d'être maltraité ! Laissez-moi voir que vous m'aimez, belle princesse, s'écria-t-il, laissez-moi voir vos sentiments ; pourvu que je les connaisse par vous une fois en ma vie, je consens que vous repreniez pour toujours ces rigueurs dont vous m'accabliez. Regardez-moi du moins avec ces mêmes yeux dont je vous ai vue cette nuit regarder mon portrait ; pouvez-vous l'avoir regardé avec tant de douceur et m'avoir fui moi-même si cruellement ? Que craignez-vous ? Pourquoi mon amour vous est-il si redoutable ? Vous m'aimez, vous me le cachez inutilement ; vous-même m'en avez donné des marques involontaires. Je sais mon bonheur ; laissez-m'en jouir, et cessez de me rendre malheureux. Est-il possible, reprenait-il, que je sois aimé de Mme de Clèves et que je sois malheureux ? Qu'elle était belle cette nuit ! Comment ai-je pu résister à l'envie de me jeter à ses pieds ? Si je l'avais fait je l'aurais peut-être empêchée de me fuir, mon respect l'aurait rassurée. Mais peut-être elle ne m'a pas reconnu ; je m'afflige plus que je ne dois, et la vue d'un homme, à une heure si extraordinaire, l'a effrayée.

Ces mêmes pensées occupèrent tout le jour M. de Nemours ; il attendit la nuit avec impatience ; et, quand elle fut venue, il reprit le chemin de Coulommiers.

La nouvelle de l'intrusion de Nemours à Coulommiers revint vite aux oreilles de M. de Clèves. Sans en savoir davantage, sans même être persuadé de l'adultère, il désigne Nemours comme son ennemi et se laisse emporter par la colère et le chagrin. Quelque temps plus tard, sur son lit de mort, il accuse sa femme d'être à l'origine de sa perte. La princesse, désormais veuve, rongée par la culpabilité, rencontre un jour par hasard le duc de Nemours. La passion qu'elle avait pour cet homme, et qu'elle croyait éteinte, se ravive en un instant. Lui est décidé à l'épouser. Voici la réponse qu'elle lui donne.

CD 2 PLAGE 15

7

— Je veux vous parler encore, avec la même sincérité que j'ai déjà commencé, reprit-elle, et je vais passer par-dessus toute la retenue et toutes les délicatesses que je devrais avoir dans une première conversation ; mais je vous conjure de m'écouter sans m'interrompre.

Je crois devoir à votre attachement la faible récompense de ne vous cacher aucun de mes sentiments et de vous les laisser voir tels qu'ils sont. Ce sera apparemment la seule fois de ma vie que je me donnerai la liberté de vous les faire paraître ; néanmoins je ne saurais vous avouer, sans honte, que la certitude de n'être plus aimée de vous, comme je le suis, me paraît un si horrible malheur que, quand je n'aurais point des raisons de devoir insurmontables, je doute si je pourrais me résoudre à m'exposer à ce malheur. Je sais que vous êtes libre, que je le suis, et que les choses sont d'une sorte que le public n'aurait peut-être pas sujet de vous blâmer, ni moi non plus, quand nous nous engagerions ensemble pour jamais. Mais les hommes conservent-ils de la passion dans ces engagements éternels ? Dois-je espérer un miracle en ma faveur et puis-je me mettre en état de voir certainement finir cette passion dont je ferais toute ma félicité ? M. de Clèves était peut-être l'unique homme du monde capable de conserver de l'amour dans le mariage. Ma destinée n'a pas voulu que j'aie pu profiter de ce bonheur ; peut-être aussi que sa passion n'avait subsisté que parce qu'il n'en aurait pas trouvé en moi. Mais je n'aurais pas le même moyen de conserver la vôtre : je crois même que les obstacles ont fait votre constance. Vous en avez assez trouvé pour vous animer à vaincre et mes actions involontaires, ou les choses que le hasard vous a apprises, vous ont donné assez d'espérance pour ne vous pas rebuter.

— Ah ! Madame, reprit M. de Nemours, je ne saurais garder le silence que vous m'imposez ; vous me faites trop d'injustice et vous me faites trop voir combien vous êtes éloignée d'être prévenue en ma faveur.

— J'avoue, répondit-elle, que les passions peuvent me conduire ; mais elles ne sauraient m'aveugler. Rien ne me peut empêcher de connaître que vous êtes né avec toutes les dispositions pour la galanterie et toutes les qualités qui sont propres à y donner des succès heureux. Vous avez déjà eu plusieurs passions, vous en auriez encore ; je ne ferais plus votre bonheur ; je vous verrais pour une autre comme vous auriez été pour moi. J'en aurais une douleur mortelle et je ne serais pas même assurée de n'avoir point le malheur de la jalousie. Je vous en ai trop dit pour vous cacher que vous me l'avez fait connaître et que je souffris de si cruelles peines le soir que la Reine me donna cette lettre de Mme de Thémines que l'on disait qui s'adressait à vous qu'il m'en est demeuré une idée qui me fait croire que c'est le plus grand de tous les maux.

Par vanité ou par goût, toutes les femmes souhaitent de vous attacher. Il y en a peu à qui vous ne plaisiez ; mon expérience me ferait croire qu'il n'y en a point à qui vous ne puissiez plaire. Je vous croirais toujours amoureux et aimé et je ne me tromperais pas souvent. Dans cet état néanmoins, je n'aurais d'autre parti à prendre que celui de la souffrance ; je ne sais même si j'oserais me plaindre. On fait des reproches à un amant ; mais en fait-on à un mari, quand on n'a qu'à lui reprocher de n'avoir plus d'amour ? Quand je pourrais m'accoutumer à cette sorte de malheur, pourrais-je m'accoutumer à celui de croire voir toujours M. de Clèves vous accuser de sa mort, me reprocher de vous avoir aimé, de vous avoir épousé et me faire sentir la différence de son attachement au vôtre ? Il est impossible, continua-t-elle, de passer par-dessus des raisons si fortes : il faut que je demeure dans l'état où je suis et dans les résolutions que j'ai prises de n'en sortir jamais.

— Hé ! croyez-vous le pouvoir, Madame ? s'écria M. de Nemours. Pensez-vous que vos résolutions tiennent contre un homme qui vous adore et qui est assez heureux pour vous plaire ?

Il est plus difficile que vous ne pensez, Madame, de résister à ce qui nous plaît et à ce qui nous aime. Vous l'avez fait par une vertu austère qui n'a presque point d'exemple ; mais cette vertu ne s'oppose plus à vos sentiments et j'espère que vous les suivrez malgré vous.

— Je sais bien qu'il n'y a rien de plus difficile que ce que j'entreprends, répliqua Mme de Clèves ; je me défie de mes forces au milieu de mes raisons. Ce que je crois devoir à la mémoire de M. de Clèves serait faible s'il n'était soutenu par l'intérêt de mon repos ; et les raisons de mon repos ont besoin d'être soutenues de celles de mon devoir. Mais, quoique je me défie de moi-même, je crois que je ne vaincrai jamais mes scrupules et je n'espère pas aussi de surmonter l'inclination que j'ai pour vous. Elle me rendra malheureuse et je me priverai de votre vue, quelque violence qu'il m'en coûte. Je vous conjure, par tout le pouvoir que j'ai sur vous, de ne chercher aucune occasion de me voir. Je suis dans un état qui me fait des crimes de tout ce qui pourrait être permis dans un autre temps, et la seule bienséance interdit tout commerce entre nous.

M. de Nemours se jeta à ses pieds, et s'abandonna à tous les divers mouvements dont il était agité. Il lui fit voir, et par ses paroles, et par ses pleurs, la plus vive et la plus tendre passion dont un cœur ait jamais été touché. Celui de Mme de Clèves n'était pas insensible et, regardant ce prince avec des yeux un peu grossis par les larmes :

— Pourquoi faut-il, s'écria-t-elle, que je vous puisse accuser de la mort de M. de Clèves ? Que n'ai-je commencé à vous connaître depuis que je suis libre, ou pourquoi ne vous ai-je pas connu devant que d'être engagée ? Pourquoi la destinée nous sépare-t-elle par un obstacle si invincible ?

— Il n'y a point d'obstacle, Madame, reprit M. de Nemours. Vous seule vous opposez à mon bonheur ; vous seule vous imposez une loi que la vertu et la raison ne vous sauraient imposer.

— Il est vrai, répliqua-t-elle, que je sacrifie beaucoup à un devoir qui ne subsiste que dans mon imagination. Attendez ce que le temps pourra faire. M. de Clèves ne fait encore que d'expirer, et cet objet funeste est trop proche pour me laisser des vues claires et distinctes. Ayez cependant le plaisir de vous être fait aimer d'une personne qui n'aurait rien aimé si elle ne vous avait jamais vu ; croyez que les sentiments que j'ai pour vous seront éternels et qu'ils subsisteront également, quoi que je fasse. Adieu, lui dit-elle ; voici une conversation qui me fait honte : rendez-en compte à M. le Vidame ; j'y consens, et je vous en prie.

Elle sortit en disant ces paroles, sans que M. de Nemours pût la retenir.

Elle ne croit pas à la durée dans l'amour. Elle pense au dégoût et à l'inconstance qui suivent nécessairement l'amour, notamment et surtout l'amour des hommes, et elle ne veut pas se confronter à cette expérience et elle préfère rompre à l'avance plutôt que de connaître cette douleur absolue. C'est une attitude violente, mais en même temps elle nous dit quelque chose de l'amour. Et aujourd'hui on a tendance à dire, au fond, qu'elle fait des histoires pour rien ou qu'elle est sado-masochiste, c'est l'explication de Philippe Sollers. Mais tout ça pourquoi? Pourquoi pense-t-on cela avec une telle évidence aujourd'hui? Parce que nous avons intégré son diagnostic. Nous pensons en effet que l'amour s'use et nous disons : « Et alors ? »

Et ce qui est très beau dans *La Princesse de Clèves*, c'est qu'elle ne nous dit pas : « Et alors ? »

La déclaration d'amour, c'est dire « j'aimerais » au moment même où on dit « j'aime ». Et si précisément ce serment intègre sa propre trahison, cela veut dire que quelque chose de l'amour est peut-être en train de disparaître.

Voilà, je crois, le sens qu'a pour nous *La Princesse de Clèves*.

Alain Finkielkraut

Pourquoi une femme amoureuse – et certaine d'être aimée –, une femme enfin libre de toutes les obligations refuse-t-elle de s'abandonner à la passion qui la consume et qui pourrait la rendre heureuse ? C'est la grande question posée ici par Mme de Lafayette qui peint son héroïne, non pas en femme sacrificielle qui renonce à ses sentiments pour honorer sa vertu, mais justement en amoureuse idéaliste qui choisit de préserver l'idée d'un certain amour plutôt que d'affronter la peur d'une défaite.
Voici la dernière page du livre. Mme de Clèves s'est isolée à la campagne. Elle a interdit à ses domestiques de laisser entrer Nemours chez elle. Celui-ci tente malgré tout de la revoir, sans succès.

8

CD 2 PLAGE 16

M. de Nemours pensa expirer de douleur en présence de celle qui lui parlait. Il la pria vingt fois de retourner à Mme de Clèves, afin de faire en sorte qu'il la vît ; mais cette personne lui dit que Mme de Clèves lui avait non seulement défendu de lui aller redire aucune chose de sa part, mais même de lui rendre compte de leur conversation. Il fallut enfin que ce prince repartît, aussi accablé de douleur que le pouvait être un homme qui perdait toutes sortes d'espérances de revoir jamais une personne qu'il aimait d'une passion la plus violente, la plus naturelle et la mieux fondée qui ait jamais été. Néanmoins il ne se rebuta point encore, et il fit tout ce qu'il put imaginer de capable de la faire changer de dessein. Enfin, des années entières s'étant passées, le temps et l'absence ralentirent sa douleur et éteignirent sa passion. Mme de Clèves vécut d'une sorte qui ne laissa pas d'apparence qu'elle pût jamais revenir. Elle passait une partie de l'année dans cette maison religieuse et l'autre chez elle ; mais dans une retraite et dans les occupations plus saintes que celles des couvents les plus austères ; et sa vie, qui fut assez courte, laissa des exemples de vertu inimitables.

ANNEXES

GUILLAUME GALLIENNE

Sociétaire de la Comédie-Française

Lire à voix haute les plus grands textes du répertoire littéraire classique, c'est faire l'économie du signe et du geste. Un exercice que travaille déjà Guillaume Gallienne, comédien, acteur, chroniqueur, écrivain et réalisateur, à la scène comme à l'écran, mais qu'il lui faut abandonner entièrement au micro. Et ce qu'il fait sans affectation, avec clarté et chaleur, de cette voix devenue désormais familière aux auditeurs de France Inter. Aujourd'hui le public s'élargit avec la publication d'un premier ouvrage consacré à l'émission « Ça peut pas faire de mal » qui depuis 2009 rend vivant le théâtre d'une multiplicité de personnages, ceux de Shakespeare, Cervantès, Thomas Mann, Dostoïevski ou encore Marcel Proust. Les personnages prennent chair et Guillaume Gallienne devient par la force de la voix cet autre improbable, fantasmé, né de la rencontre d'un écrivain et de son lecteur. Mais qui est donc Guillaume Gallienne, me direz-vous ?

À l'en croire lui-même, la clé de l'énigme se trouve en son enfance. Né le 8 février 1972, à Neuilly-sur-Seine, dans une famille de la haute bourgeoisie parisienne – sa mère appartient à l'aristocratie russo-géorgienne et son père est un homme d'affaires –, il grandit entouré de ses frères sous le regard de sa mère qu'il admire et incarne des années plus tard au théâtre et au cinéma. Le succès de *Les Garçons et Guillaume, à table !*, monologue qu'il écrit et interprète en 2008, puis porte à l'écran cinq années plus tard, lui vaut en 2014 une pluie de récompenses, pas moins de cinq Césars. Il revient dans ce film sur son adolescence, son séjour imprévisible dans une ville d'Espagne sans caractère et ses années passées dans un pensionnat anglais. À son retour en France, il entre au Cours Florent avant d'intégrer le Conservatoire national supérieur d'art dramatique. Puis c'est la Comédie-Française qui lui ouvre ses portes en 1998. Guillaume Gallienne est âgé de 26 ans et enchaîne dès lors les plus grands rôles du répertoire classique sous la direction de Daniel Mesguich, Lukas Hemleb, Alain Françon, Jérôme Deschamps, Thierry de Peretti ou encore Denis Podalydès.

Aujourd'hui sociétaire de la Comédie-Française, il poursuit sa carrière de comédien et joue dans diverses pièces : *Un fil à la patte* de Georges Feydeau, *Lucrèce Borgia* de Victor Hugo, *Oblomov*, adaptée du roman d'Ivan Gontcharov. Artiste éclectique, mu par l'action, fasciné par la puissance du travestissement qui débarrasse le corps du mouvement, l'homme multiplie les expériences, notamment au cinéma et à la télévision. Il tourne avec Fabien Onteniente (*Jet set*), Gérard Krawnczyk (*Fanfan la tulipe*), Gilles Lellouche et Tristan Aurouet (*Narco*), Matthieu Delaporte (*La Jungle*), Sofia Coppola (*Marie-Antoinette*), Diane Kurys (*Sagan*), Olivier Baroux (*L'Italien*), Pascal Thomas (*Ensemble, nous allons vivre une très, très grande histoire d'amour*) et Jalil Lespert (*Yves Saint Laurent*). Également passionné de danse classique, il écrit en 2005 le livret du ballet *Caligula* de Nicolas Le Riche et adapte en 2011 *Illusions perdues* de Balzac pour le Bolchoï. En 2006, il met en scène *Huis clos* sur une scène du nô à Tokyo et *Sur la grand-route* de Tchekhov en 2007 au Studio-Théâtre de la Comédie-Française.

Lecteur passionné de littérature, grand amoureux du texte, sans lequel il ne pourrait être ainsi partout, matérialisant avec brio l'élasticité du temps et de l'espace – une leçon qu'il tient sans doute d'une des grandes œuvres de notre répertoire auquel cet ouvrage fait la part belle tant il l'a faite sienne –, Guillaume Gallienne réserve sans nul doute encore aujourd'hui bien des surprises.

ÇA PEUT PAS FAIRE DE MAL

L'émission de France Inter qui invite tous les samedis soir, de 18 h 10 à 19 h, les auditeurs de France Inter à un voyage au cœur des grands textes littéraires. Des classiques du répertoire aux monologues en passant par des textes philosophiques, des pièces de théâtre ou des poèmes, Guillaume Gallienne prête sa voix aux écrivains français ou étrangers et ne s'interdit rien.

Liste non exhaustive des émissions
de Guillaume Gallienne entre 2009 et 2014.

2009

Les moralistes du XVIIe siècle (septembre)
Les poèmes de Pouchkine (octobre)
Jorge Luis Borges (octobre)
Georges Simenon (novembre)
Louis Aragon (décembre)

2010

Louis-Ferdinand Céline (février)
Guy de Maupassant, (février)
Anton Tchekhov (février)
Honoré de Balzac (mars)
Miguel de Cervantes (avril)
Louis-Ferdinand Céline (août)
Albert Camus (septembre)
Alexandre Dumas, *Les Trois Mousquetaires* (novembre)
Stefan Zweig (décembre)

2011

Albert Cohen, *Belle du Seigneur* (janvier)
Philip Roth (janvier)
Milan Kundera (avril)
Romain Gary (juin)
Hermann Hesse (juin)
Léon Tolstoï, *Anna Karénine* (septembre)
James Joyce, *Ulysse* (octobre)
Robert Musil, *L'Homme sans qualité* (décembre)
William Shakespeare (décembre)

2012

Stendhal, *Le Rouge et le Noir* (janvier)
Goethe, *Les souffrances du jeune Werther* (février)
Marguerite Duras (février)
Thomas Mann, *La Montagne magique* (mars)
Flaubert, *L'Éducation sentimentale* (juillet)
Virginia Woolf (avril)
Dostoïevski (mai)
Rimbaud et Verlaine (juin)
Kafka (juin)
Émile Zola, *Les Rougon-Macquart* (septembre)
Vladimir Nabokov, *Lolita* (octobre)
Marguerite Yourcenar (octobre)
Jane Austen (novembre)

2013

Charles Baudelaire, *Les Fleurs du Mal* (janvier)
Herman Melville, *Moby Dick* (décembre)
Boris Vian, *L'Écume des jours* (mars)
Les sœurs Brontë (avril)
Ivan Tourgueniev (avril)
Dante, *La Divine Comédie* (mai)
Roland Barthes, *Fragment d'un discours amoureux* (septembre)
Doris Lessing (octobre)
Chateaubriand, *Les Mémoires d'outre-tombe* (octobre)

2014

Hemingway (janvier)
Diderot (janvier)
Oscar Wilde, *Le Portrait de Dorian Gray* (janvier)
Georges Perec, *La Vie mode d'emploi* (février)
Gogol (février)
Antoine de Saint-Exupéry (février)
Joseph Kessel, *Le Lion* (avril)
Laurence Sterne, *Tristram Shandy* (avril)
Octavio Paz (août)
Honoré de Balzac, *Le Lys dans la Vallée* (septembre)

L'INCONTOURNABLE ET ESSENTIELLE BIBLIOGRAPHIE

MARCEL PROUST

À la recherche du temps perdu [1999].
Édition publiée sous la direction de Jean-Yves Tadié, 2408 p., coll. Quarto.

À la recherche du temps perdu.
Édition publiée sous la direction de Jean-Yves Tadié. Nouvelle édition en 4 vol., coll. Bibliothèque de la Pléiade.
—
Tome I : *Du côté de chez Swann - À l'ombre des jeunes filles en fleurs - Esquisses* [1987].
Avec la collaboration de Florence Callu, Francine Goujon, Eugène Nicole, Pierre-Louis Rey, Brian G. Rogers et Jo Yoshida, 1728 p., (n° 100).
—
Tome II : *À l'ombre des jeunes filles en fleurs - Nom de pays : le pays - Le Côté de Guermantes - Esquisses* [1988].
Avec la collaboration de Dharntipaya Kaotipaya, Thierry Laget, Pierre-Louis Rey et Brian G. Rogers, 2000 p., (n° 101).
—
Tome III : *Sodome et Gomorrhe - La Prisonnière - Esquisses* [1988].
Avec la collaboration d'Antoine Compagnon et Pierre-Edmond Robert, 1952 p., (n° 102).
—
Tome IV : *Albertine disparue - Le Temps retrouvé - Esquisses* [1989].
Avec la collaboration de Yves Baudelle, Anne Chevalier, Eugène Nicole, Pierre-Louis Rey, Pierre-Edmond Robert, Jacques Robichez, Brian G. Rogers. Avec des index des noms de personnes, des noms de lieux et des œuvres littéraires et artistiques, 1728 p., (n° 356).

Du côté de chez Swann (À la recherche du temps perdu, I) [Première parution en 1917].
Édition d'Antoine Compagnon, 576 p., coll. Folio classique (n° 1924).

À l'ombre des jeunes filles en fleurs (À la recherche du temps perdu, II) [Première parution en 1918].
Édition de Pierre-Louis Rey, 576 p., coll. Folio classique (n° 1946).

Le Côté de Guermantes (À la recherche du temps perdu, III) [Première parution en 1920].
Édition de Thierry Laget et Brian G. Rogers.
Préface de Thierry Laget.
Nouvelle édition en un vol. en 1994, 800 p., coll. Folio classique (n° 2658).

Sodome et Gomorrhe (À la recherche du temps perdu, IV)
[Première parution en 1921].
Édition d'Antoine Compagnon, 688 p., coll. Folio classique (n° 2047).

La Prisonnière (À la recherche du temps perdu, V)
[Première parution en 1923].
Édition de Pierre-Edmond Robert. Nouvelle édition en un vol., 496 p., coll. Folio classique (n° 2089).

Albertine disparue (À la recherche du temps perdu, VI)
[Première parution en 1925].
Édition d'Anne Chevalier. Nouvelle édition revue en 1992, 366 p., coll. Folio classique (n° 2139).

Le Temps retrouvé (À la recherche du temps perdu, VII)
[Première parution en 1927].
Édition Pierre-Edmond Robert. Préface de Pierre-Louis Rey et Brian G. Rogers.
Édition annotée par Jacques Robichez avec la collaboration de Brian G. Rogers, 480 p., coll. Folio classique (n° 2203).

VICTOR HUGO

Les Misérables [1973].
Édition d'Yves Gohin.
Nouvelle édition en deux vol. en 1999, coll. Folio classique.
—
Tome I : 960 p., (n° 3223).
—
Tome II : 960 p., (n° 3224).

Les Misérables [1951].
Édition de Maurice Allem, 1808 p., coll. Bibliothèque de la Pléiade (n° 85).

MADAME DE LAFAYETTE

La Princesse de Clèves [2000].
Édition de Bernard Pingaud, 288 p., coll. Folio classique (n° 3381).

La Princesse de Clèves (Œuvres complètes) [2014].
Édition de Camille Esmein-Sarrazin, 1664 p., coll. Bibliothèque de la Pléiade (n° 595).

CE QUE CONTIENNENT LES DISQUES AUDIO

ÇA PEUT PAS FAIRE DE MAL

Conception éditoriale et présentation : Guillaume Gallienne
Émissions préparées par Laura El Makki et Estelle Gapp
Collaboration artistique, réalisation : Xavier Pestuggia (France Inter)
Mastering : Alain Joubert (Radio France)

CD 1

Marcel Proust, *À la recherche du temps perdu*
Durée totale du CD1 : 1 h 12 (9 plages) © 2009

CD 2

Victor Hugo, *Les Misérables*
Durée 35' (8 plages) © 2011

Madame de Lafayette, *La Princesse de Clèves*
Durée 37'03 (8 plages) © 2013

Durée totale du CD 2 : 1 h 14 (16 plages)

ILLUSTRATIONS MUSICALES

Marcel Proust

Extraits : *Le Carnaval des animaux*, musique de Camille Saint-Saëns, interprétée par Pascal Amoyel et ses amis musiciens et tirée du livre-cd « Le Carnaval des animaux » d'Éric Emmanuel Schmitt (Albin Michel/ France Musique)
plage 1 : « Volière »
plage 2 : « Poules et coqs »
plage 3 : « Aquarium »
plage 4 : « L'Éléphant »
plage 5 : « Fossiles »,
plage 6 : « Kangourous »
plage 7 : « La tortue »
plage 8 : « Le coucou au fond des bois »

Pierre-Laurent Bourchalat : piano ; Pascal Amoyel : piano ; Philippe Bernold : flûte ; Florent Heau : clarinette ; Christophe Giovaninetti : violon ; Louise Salmona : violon ; Pierre-Henri Xuereb : violon alto ; Emmanuelle Bertrand : violoncelle ; Gilles Ranticelli : percussions ; Yann Dubost : contrebasse.
Prise de son, mastering : Xavier Lévèque ; Chargé de réalisation : Pierre-André Fautrier ; Direction artistique : Daniel Zalay.
Enregistrement public

Victor Hugo

plages 1 à 8 : François Élie Roulin, CD « Le bonheur », Radio France / Signature - Référence SIG 11083
plage 6 : « Les amants »
plage 7 : « Variation »
Fabrice Ravel Chapuis, « Dilemma Partie 3 »
Album « Canal Tamagawa », « Aux lendemains »
Album « En danger », « Solus », « Dilemma Partie 2 »
Album « Cabinets de curiosités », « L'Éphémère »

Madame de Lafayette

plages 9 à 16 : extraits du coffret « Les maîtres de l'orgue français », Radio France / Tempéraments, musique de Jean-Jacques Beauvarlet-Charpentier, Olivier Baumont : orgue - Référence TEM 316053.
François Élie Roulin, CD « Le bonheur », « Triste violon », Radio France / Signature - SIG 11083.
Extraits du coffret « Les maîtres de l'orgue français », Josse-François-Joseph Benaut, Olivier Baumont : orgue - Référence TEM 316053.
Fabrice Ravel Chapuis, « Midtown Partie 3 », « Abattu », « En danger »
Extraits du coffret « Les maîtres de l'orgue français », François Couperin - « Messes pour orgue et Motets », Frédéric Desenclos : orgue.

ÉDITION

GALLIMARD

Conception éditoriale : Franck Fertille
Édition déléguée : Marie Thomas
Direction artistique : Anne Lagarrigue
Conception graphique : Pascal Guédin
Mise en page : Philippe Pierrelée
Relecture-correction : Isabelle Dessommes
Chef de fabrication : Christophe de Mullenheim
Fabrication : Annette Istasse

Rédaction de la biographie des auteurs : Marc Blanchet

RADIO FRANCE

Direction de France Inter : Laurence Bloch
Direction des Éditions : Magali Fourmaintraux
Coordination éditoriale : Anne-Julie Bémont et Marie-Annick Huet
Avec l'aimable collaboration de Laura El Makki, Estelle Gapp et Xavier Pestuggia

Couverture : Photo © Ward Ivan Rafik (détail)
Illustrations (intérieur) : Pascal Guédin

Cet ouvrage est composé
en Fedra Sans dessinée par Peter Bil'ak
et en Brioni / Brioni Sans, dessinées
par Nikola Djurek pour Typotheque.
Papier : Mediopaque Hochweiss 80 g/m² (intérieur).
Achevé d'imprimer en octobre 2014
sur les presses de Grafica Veneta, Trebaseleghe
Dépôt légal : octobre 2014
ISBN : 978-2-07-014739-7
Imprimé en Italie
Numéro d'édition : 272750